KB124229

푸른 사과의 비밀

아르망 장편소설

1

일러두기

1. 글의 이해를 돕기 위해 '망원동 선언' 부록과 각주를 표기했습니다.
2. 말 줄임표는 …. 로 통일했습니다.

합정동 절두산 기슭에 뱀파이어들이 집단 서식한다는 이야기는

오래전부터 비밀리에 전해져왔다.

합정동과 망원동, 서교동 일대에 자주 출몰했지만

아무도 눈치채지 못한 그들의 존재. 그들이 마침내 움직인다.

VAMPIRE ZONE

에덴의 기억이나 예감이 없다면 숨을 쉬는 것도 형벌이다.

– 에밀 시오랑

목차

들어가며

이 책을 집어 든 진실한 독자여. 먼저 그대에게 반가움을 전한다.

그대는 이 책을 읽으면서도 긴가민가 의혹의 눈길을 거두지 못할 것이다. 어디서부터 어디까지가 사실이고, 또 어디서부터 어디까지가 사실이 아닌지 의아해할 것이다. 하지만 그대가 알아야 할 것이 있다. 진실은 종종 보이는 사실에 의해 가려진다는 점이다. 실제로 있었던 일이나 현재에 있는 일을 찾는 사실주의가 아니라, 거짓이 없는 진실을 보려는 진실주의가 무엇보다도 중요하다는 점을 알아야 한다.

내가 민주의 눈과 귀, 손을 빌려 그대에게 제안하고자 하는 것은 세상의 질서를 전복시키는 선동가가 되어 달라는 것이다. 선동이라는 말에 거북함을 느낀다면, 뭐랄까···. 그냥 전복의 방관자가 되지 말아 달라는 얘기다.

그대도 알다시피, 세상은 갈수록 강퍅해지고 있다. 승자독식, 이기주의, 물신숭배와 탐욕, 증오와 경멸, 차별과 배제, 고독….

다시 강조하건대, 나는 이 책이 세상을 바꾸는 정신적인 단초가 되길 바란다. 글의 내용이 충분히 혁명적인데도 내가 굳이 혁명이라는 단어를 금기시하는 것은 지금까지 수많은 '혁명'들이 보여준 배신과 변절 때문이다. 진정한 변화는 폭력으로 붉은 피를 뿌리지 않고, 눈에 띄지 않게 조금씩 조금씩 감동을 주며 세상을 맑고 푸르게 물들이는 것이다.

그대와 그대의 친구들이 해야 할 일은 참으로 많으며, 그대들은 늘 마음속에 세상을 바꿀 무언의 결심을 수없이 하고 있다. 무척 고무적인 일이다.

이제 그대에게 마지막 부탁을 하고 싶다. 세상을 바꾸고 싶은 마음의 준비가 되어 있다면, 민주와 친구가 되어주길 바란다. 이제 책장을 넘겨 민주를 반갑게 맞아주시길….

- 결두신 기슭에서 파스길

파스칼과의 첫 만남

양화대교 중간지점의 난간에서 고개를 내밀고 아래를 내려다보았다. 떨리는 무릎을 애써 두 손으로 꾹 눌렀다. 며칠 전부터 내린 비 때문인지 강물이 출렁거리며 교각을 휘몰아쳤다. 기껏 몇 초간 강물을 바라보았는데도 어지럼증과 오싹함이 느껴졌다.

미간을 찌푸린 채 질끈 눈을 감았다. 꼴도 보기 싫은 녀석이 어둠 속에 나타나 낄낄대며 내게 비웃음을 던졌다. 눈을 부릅뜨고 불끈 쥔 주먹을 녀석의 얼굴에 날렸다. 녀석은 이리저리 내 주먹을 피하며 내게 경멸의 손가락질을 했다. 어디선가 머리를 노랗게 물들인 또 다른 녀석이 나타나서 내게 가운데 손가락을 들어보며 혓바닥을 내밀었다, 두 녀석은 내게 보란 듯이 서로 껴안고 애무하며 깊은 키스를 나누었다. 나는 녀석들을 향해 소리를 질렀다.

"그만해! 너희 두 놈을 가만두지 않을 거야. 죽어서도 저주할거야."

서로 껴안은 채 한 녀석이 야유를 내뱉으면, 또 한 녀석이 장단을 맞추었다.

"겁쟁이! 넌 뛰어내릴 용기도 없잖아. 안 그래?"

"맞아. 아무도 널 동정하지 않아."

녀석들은 가까이 다가와서 내 손을 잡고 귀에 대고 속삭였다.

"용기가 없으면 우리가 도와줄까?"

나는 주춤했다. 두 녀석의 손을 뿌리치고 소리를 질렀다.

"죽더라도 내가 결정해!"

"그럼 그러시던가."

녀석들은 낄낄거리며 어둠 속으로 사라졌다. 눈앞이 컴컴해지고 머리가 지끈거렸다. 헛것을 본 것일까? 이승과 저승의 경계에 다다르니 별 잡것들이 꼬이는 것 같았다. 서서히 적막감이 엄습해왔다. 어딘가에서 엄마의 울부짖는 목소리와 함께, 늘 내 친구가 되어준 4살짜리 요크셔테리어종 반려견 아담의 컹컹대는 소리가 들리는 것 같아 잠시 고개를 돌려봤으나 아무런 기척이 없었다. 이 시간에 저녁상을 차려놓고 나를 기다릴 엄마의 얼굴과 저 멀리 내 발자국 소리만 들어도 반갑게 짖어대는 아담의 모습이 자꾸 내 눈앞에서 아른거렸다. 도무지 뛰어내릴 엄두가 나지 않았다.

긴 심호흡을 한 뒤에 난간 아래를 바라보니 검푸른 물결이 괴물의 꼬리처럼 교각을 타고 올라와 내 다리를 잡아당기는 것 같아 오금이 저렸다. 시커먼 그림자가 꿈틀거리며 물속 깊은 곳에서 튀어 오를 것만 같아서 주저앉았다. 이런 겁쟁이가 여기를 뛰어든다고….

강 하류의 서쪽 하늘에는 어느덧 석양 노을이 뉘엿뉘엿 붉게 물들여갔다. 뺨에 흐르는 눈물을 소매로 닦으며 뒷걸음쳤다. 고개를 푹 숙인 채 터벅터벅 무거운 발걸음을 옮겼다. 집에까지 가는 버스가 퇴근길 승객을 가득 태우고 기우뚱거리면서 내 곁을 지나갔다. 다리를 건너 버스 정류장 쪽으로 가려는데 신호 대기가 너무 길게 느껴졌다. 1분이 넘도록 파란 신호는 켜지지 않았다. 짜증이 치밀어 올랐다. 발걸음을 다리 쪽으로 되돌렸다. 눈을 질근 감은 채 뛰었다. 전력 질주하면 두려운 생각을 떨쳐버릴 수 있을 것 같았다.

전속력으로 달리다 다리 위의 한가운데쯤에 멈춰 섰다. 한무리의 사람들이 시끌벅적 떠기오고 있이, 긴 심호흡을 하면서 그들이 지나가길 기다렸다. 그들이 내 곁을 지나치자 나는 고개를 돌려 눈을 감았다.

이제 아무도 없다.

차들이 내 곁을 달렸지만, 개의치 않았다.

두 눈을 질끈 감았다. 이번에는 나를 비웃었던 두 녀석이 나타나지도 않았다. 망설임 없이 뛰어내렸다. 영화나 소설에서 보면 강에 투신할 때 신발과 지갑, 휴대폰을 남겨두던데, 나는 아무것도 남기지 않았다.

이 세상을 등지려 한 사람이 뭐가 아쉬워서 인연의 고리를 질질 흘릴까.

"이제 깨어나는군."

눈을 떠보니 낯선 남자의 품 안에 안겨 있었다. 내게 지그시 미소를 짓는 모습이 다정해 보였다. 어리둥절했지만, 어쩌면 나를 천국으로 인도할 천사일지 모른다는 생각이 들었다. 그에게 몸을 맡긴 채 그의 얼굴을 바라보았다. 그가 검은 마스크를 낀 탓에 얼굴을 자세히 볼 수는 없었으나 훤칠한

키, 깊은 눈매와 갈색 머리가 이국적인 분위기를 자아냈다. 분명히 다리 위에서 뛰어내렸는데, 왜 내가 지금 이 남자의 품 안에 안겨 있는 걸까? 그는 족히 50kg이 넘을 내 몸을 사뿐히 들어, 양화대교 북쪽 방향으로 뚜벅뚜벅 걸어갔다. 그의 몸에서는 내가 좋아하는 상큼한 레몬 냄새가 묻어났다.

"깃털처럼 가볍네."

그는 혼잣말을 뱉었다. 그의 가슴에 내 얼굴을 묻었다. 그의 가슴에서는 아무런 박동 소리가 들리지 않았다. 19살의 여자애를 안고서도 지치지 않고 꽤 먼 길을 걸을 수 있다니, 그런 그가 궁금해졌다. 그러나 무언가의 힘에 눌려 그에게 도무지 말을 건넬 수 없었다.

그가 움직이는 대로 몸을 맡겼다.

그는 양화대교 북단의 신호등을 건너서, 오른쪽의 절두산 방향 쪽으로 향했다. 그의 품 안에 안겨 보름달에 비친 그의 얼굴을 다시 한번 뚫어지게 바라보았다. 미술 시간에 데생 연습을 했던 그리스인 석고상이 부활한 듯한 느낌이 들었다.

그는 다세대 주택이 밀집한 골목길을 한참 돌고 돈 뒤에, 탐스럽게 익은 푸른 사과들이 주렁주렁 달린 나무 뒤에 가려진 빨간 벽돌 건물의 지하 계단 아래로 내려갔다. 꿈과 현실의 경계선에 놓인 느낌이 들었다. 철제문을 밀고 들이긴 그는 나를 침대 위에 조심스레 눕혔다. 나는 좀 얼빠진 표정으로 그의 얼굴을 멍하니 바라보았다.

나이를 가늠하기 힘든 꽃미남의 얼굴에 그윽한 눈매, 검붉은 입술이 이국적인 분위기를 자아냈다. 나는 낯선 분위기가 어색한 데다 자세가 불편해 몸을 일으켜 세웠다.

"이제 좀 정신이 나니?"

"누구세요?"

"내가 너를 구했잖아."

"누가 구해달라 했어요? 그냥 내버려 두시지."

"그럴 걸 그랬네. 믿을 수 없겠지만, 강물에 뛰어내리려는 너를 내가 낚아챈 거야. 근데 왜 뛰어내리려 한 거야?"

"제가 왜 말해야 하죠?"

"말하기 싫으면 관둬."

아무리 생각해도 이해할 수 없었다. 어떻게 공중에서 수직 직하로 떨어지는 나를 구해냈다는 건지….

그는 창문 커튼을 내린 뒤에 조명 스위치를 켰다. 그의 얼굴을 다시 한번 쳐다보았다. 서구형 얼굴인데도, 그가 워낙 한국말을 자연스럽게 해서 조금 놀라웠다.

"아저씨도 거기서 뛰어내리려 했던 거예요? 여기 말고도 아무 데서나 뛰어내릴 수 있잖아요. 자살하는 것도 이렇게 경쟁을 해야 하나….”

나의 푸념 섞인 한숨 소리에 그는 내 어깨에 손을 얹은 채 미소를 지었다.

“재수생이구나. 그까짓 시험이 뭐라고?”

“공부가 힘들어서 죽으려 한 게 아니에요. 재수생도 아니고요.”

“나이키 운동화를 신고 저승까지 날아보려고? 니케는 날개라도 있지.”

그가 알아본 내 운동화는 얼마 전 홍대 앞 매장에서 밤새 캠핑하며 선착순 구매한 한정판이었다. 이걸 알아보다니, 적어도 꼰대아저씨가 아닌 것 같았다. 얼핏 보니, 그가 신은 신발도 요즘 가장 핫한 검은색 에어 조던 운동화였다.

처음 보는데도 그가 왠지 낯설지 않은 이유는 신발 때문인 듯했다. 패션에 관심이 많은 나는 그의 스타일을 얼른 스캔했다. 그의 옷차림은 한국의 패션 디자이너 우영미가 창립한 남성복 전용 브랜드 솔리드 옴므 컬렉션이었다. 여성 디자이너가 만든 남성복이어서 왠지 중성적인 느낌을 주기 때문에 요즘 프랑스 남자들 사이에서 인기 있는 브랜드인데, 그에게 잘 어울리는 옷이라는 생가이 들었디.

BTS 같은 인기 연예인들이 즐겨 입는 세련된 옷을 걸친 이 아저씨는 대체 누구일까?

"아저씨는 누구예요? 이 근처 YG엔터테인먼트에 소속된 무명 연예인?"

"차차 알게 될 거야."

"연예인급 외모는 아닌데….."

"불과 1시간 전에 자살하겠다고 뛰어내린 사람이 쓸데없는 데 관심이 많군."

"남자예요, 여자예요? 아니면 트랜스젠더?"

"그것도 차차 알게 될 거야."

난 그에게서 내가 좋아하는 레몬 향을 느끼며 그가 어쩌면 여성일지도, 또는 여성 취향적인 남자일지도 모른다고 생각했다.

그의 집은 빌라촌의 반지하였지만, 아늑하고 환상적인 느낌을 주었다. 작은 창문에 드리워진 검은색의 두꺼운 커튼은 밖의 세상을 가렸다. 벽에 걸린 그림과 옷들에서는 세월의 더께가 배어났다. 그림에는 중세풍 유럽의 작은 성당, 석조 집들, 그리고 밭에서 추수하는 농부들을 담았고, 옷걸이에는 회색풍의 고깔모자와 신부복 비슷한 허름한 옷들이 걸쳐져 있었다. 고개를 위로 돌려 머리맡 벽을 살펴보니 싱싱한 푸른 사과 그림이 탐스럽게 걸려있었다. 미술 교과서에서 본 적이 있는 폴 세잔의 작품 '푸른 사과'인 것 같기도 하고, 미술 애호가의 습작인 것 같기도 하고…. 눈에 힘을 주며 뚫어지게 바라보니 금빛 액자를 두른 푸른 사과들에서는 윤기나는 밝은 하얀색과 푸른색이 적절히 배합되어 마치 원초적인 생명력을 뿜어내는 듯한 느낌이 들었다.

낡고 닳은 책상 위에는 알약들이 담긴 플라스틱 통들이 나란히 놓여 있었다. 그는 파란 통에서 노란 알약 2개를 꺼내 입에 털어 넣고, 수돗물을 컵에 받아 마셨다. 그가 약을 먹기 위해 고개를 살짝 뒤로 젖혔을 때, 그의 목에서는 흔히 남자에서 보이는 애덤스 애플이 눈에 띄지 않았다. 난 그의 가느다란 손가락을 바라보며, 트랜스 젠더가 틀림없다고 생각했다. 그의 깊은 눈에서는 그윽하고 슬픈 표정이 읽혔다.

"아저씨, 어디 아프시구나?"

그는 나를 바라보며 살짝 미소 지었다. 매혹적이며 고혹적인 마약 같은 미소였다.

마약 김밥이나 마약 순대라는 말은 들어봤어도, 나이든 남자의 미소가 이렇게 매혹적일 수는 없을 듯했다.

"아저씨, 왜 저를 이리로 데려왔어요?"

그는 내 질문에 아랑곳하지 않고 미소만 지을 뿐이었다.

아저씨가 건네준 수프와 빵을 먹고서 나도 모르게 눈꺼풀이 내리 앉았다. 한 끼만 굶어도 고통스러운 허기를 느끼는데, 두 끼를 건너뛴 나는 체면이고 뭐고 가릴 여유도 없이 배를 채운 탓에 졸음이 밀려왔다.

시간이 얼마나 지났을까? 낮은 음성의 수군거리는 소리가 들렸다. 방문객들이 누구인지 궁금했지만 난 눈을 뜨지 않았다.

"이 아이의 목에 난 상처는 파스칼의 잇자국이야?"

"아냐, 그냥 긁힌 자국일 거야. 이 아이가 물에 빠지기 전에 아무데나 물고 건져 올려야 했어. 너무 순식간에 일어난 일이라…."

"만약에 네 송곳니로 목에 상처를 내기라도 했다면, 우리가 강령을 만들고 약속한 '망원동 선언'은 휴지조각이 될 거야."

"아마도 목은 아닐거야."

그런데 이 아이는 왜 이렇게 늘어져 있어?"

"수면제를 넣은 수프를 먹였어. 아이가 잠자는 동안엔 목의 상처 부위에 소독하고 연고를 발라 주었고."

'이 사람들은 누구지? 아저씨가 물어서 날 구해냈다고?

내가 고양이나 강아지 새끼도 아닌데 아저씨가 내 목에 입을 대? 망원동 선언이라니, 그건 또 뭐지?' 나는 누워있는 자세를 그대로 유지한 채 실눈을 뜨고 눈동자를 돌려서 주위를 둘러보았다. 레몬 향이 나는 검은 형체들만이 흐릿하게 보일 뿐이었다.

어쩔 수 없이, 난 시체처럼 움직이지 않은 채 두 귀만 쫑긋 열어놓고 있었다.

여자의 목소리가 또렷하게 들렸다.

"며칠 더 지켜봐야 할 것 같아. 파스칼이 송곳니로 물었는지 잘 모르는 상황에서 이 아이를 이대로 집에 보내는 것은 위험할거야."

이어 다른 이의 목소리가 들렸다.

"맞아, 이 아이 송곳니가 돋아나 가족을 모두 깨물고, 또 그 가족들이 다른 사람들을 깨문다고 생각해봐. 그러면 우리가 가장 우려하는 뱀파이어 집단이 탄생하는 거야."

그러자 여자가 다시 말을 이었다.

"파스칼, 네가 인간들을 아끼고 사랑하는 건 좋은 일이야. 얼마든지 그럴 수 있다고 생각해. 하지만 앞으로 자살 직전의 인간을 구할 땐 절대 입으로 물어 건져내지 않으면 좋겠어. 구하기 힘들면 떨어지게 그대로 놔둬. 인간의 숙명을 거

스르려고 하지 말길 바라."

다른 남자가 말을 가로챘다.

"파스칼, 창문 좀 열면 안 될까? 레몬 향이 너무 심해. 나도 내 몸의 비린내를 없애려 레몬 향을 살짝 뿌리긴 했는데…. 우리끼리 있으니 온통 레몬 향이네."

나는 그만 일어나고 싶었다.

너무 오랫동안 같은 자세로 누워 있던 탓에 몸에 경련이 느껴지고, 오줌도 마렵고, 갈증도 느껴졌다. 나는 어색하게 기지개를 켜며 하품을 하면서 일어났다.

그러자 누군가 "쉿!" 소리를 냈고, 주변이 순간 조용해졌다.

파스칼이 내게 물잔을 주면서 말을 건넸다.

"이제 정신이 드니? 여기는 내 친구 셀린과 니콜라. 그리고 이쪽은…. 그러고 보니 난 아직 학생의 이름도 모르네."

"전…. 아무것도 아니에요."

"그런 게 어디 있어? 들풀에도, 저기 하늘의 별들에게 모두 이름이 있는데."

모두가 내 입만 바라보는 것 같아 마지못해 이름을 말해 주었다.

"민주예요. 강민주."

"민주, 반가워."

셀린과 니콜라는 내게 긴 포옹을 하며, 귀에 대고 "힘내"라고 속삭였다. 그들은 미소를 지으면서 내 목의 자국을 살짝 어루만졌다. 레몬 향의 체취가 내 코를 자극했다.

셀린은 백인이었고, 니콜라는 흑인과 백인의 혼혈이었다.

파스칼이 벽시계를 가리키며 말했다.

"벌써 새벽 1시네. 민주는 엄마랑 아빠가 기다릴 텐데, 어서 집에 들어가야지!"

셀린과 니콜라는 나의 상태를 더 지켜보고 싶어 했지만, 고개를 끄덕이며 파스칼의 말에 수긍했다.

그들은 오랜 친구를 대하듯, 농담을 섞으면서 내게 작별인사를 했다.

"민주, 다음엔 머플러 꼭 하고 다니고, 주말에 또 여기에서 만나."

"나중에 강물에 왜 뛰어내리려 했는지 말해줘."

나는 파스칼이 잡아준 택시에 올랐다.

기사 아저씨에게 집 주소를 말해주고, 휴대폰을 다시 켜니 문자들이 한꺼번에 쏟아졌다. 엄마에게서 5개, 친구 지훈에게서 3개, 수학학원 원장님에게서 2개, 영어학원 원장님에게서 2개의 문자가 들어왔다.

나는 문자를 하나씩 읽어내려갔다. 엄마는 처음에 영어학원과 수학학원을 빠진 이유를 캐묻다가, 다음에는 이런 식이면 학원이고 뭐고 다 그만두라고 하더니, 아직도 정신 못 차리고 게임방에 있느냐고, 저녁은 먹고 다니냐고, 그리고 마지막에는 아파트 앞에서 자정부터 지금까지 나를 기다리고 있다고 말했다. 영어학원 원장님과 수학학원 원장님의 문자는 건너뛰고, 조심스럽게 지훈이의 문자를 열어보았다.

네가 그렇게 화낼 줄 몰랐어. 하지만 나는 널 좋아하는 만큼 주현이를 좋아해. 내 속 마음을 다 설명하긴 힘들지만, 지금은 주현이한테 더 집중해야 할 것 같아. 용서해달라는 말은 하지 않을래. 그냥 이해해줬으면 해.

"나쁜 새끼!"
갑자기 구토증이 일었다. 택시가 양화대교 중간쯤 지날 때, 기사 아저씨에게 "토할 것 같으니 잠깐 세워 달라"고 했다. 기사 아저씨는 좀 짜증스러운 표정을 지으면서도 깨끗한 시트에 행여 토사물이 묻을까봐 내가 말하는 위치에 세워주었다. 나는 난간 아래에 출렁이는 짙푸른 강물을 내려다보았다.

"어떻게 내게 이럴 수 있는 거지?"

나는 화가 풀리지 않아 강물을 향해 소리를 질렀다.

"이 나쁜 새끼들아! 감히 나를 차고 바람을 펴? 웃기지 마!"

목청껏 소리를 지르고 나자, 기분이 좀 가라앉았다. 나는 내 목덜미의 상처를 어루만지면서 푸른 밤하늘의 둥근달과 강 위에 일그러져 있는 둥근달을 번갈아 보았다.

'아, 내가 이곳에서 틀림없이 뛰어내렸는데, 어떻게 그 아저씨는 나를 끌어올린 거지?'

풀리지 않는 나의 의문은 꼬리를 물었다.

'대체, 여기 어디에 있다가 나타났을까?'

난 주위를 두리번거리며 살펴보았다. 난간 아래에 고개를 쑥 내밀고 교각 아래를 내려다보기도 하고 도로 건너편의 난간을 천천히 훑어봤지만, 누가 숨어 있을 만한 곳은 없었다.

만약 내가 잠결에 얼핏 들은 대로 그들이 인간이 아닌 뱀파이어이고, 내가 뱀파이어가 된다면 뭐든 얼마든지 가능할 것이라는 생각이 들기까지도 했다. 마지막으로 한 번 더 고개를 내밀어 난간 아래의 강물을 내려보려 하는데, 차 문을 열어놓고 담배를 피우던 기사 아저씨는 놀라서 내게 소리를 지르며 달려왔다,

"이봐, 학생! 뭐 하려고 그래? 뭔 이상한 짓을 하려는 거야?"

그는 내 팔을 잡아당기면서 택시에 태웠다.

"아무 짓도 안 해요. 그냥 시원한 바람을 맞고 싶었을 뿐이에요."

"그래도 그렇게 가까이 가는 게 아니야! 그러다가 귀신이 아래로 잡아당기면 어쩌려고!"

"기사님은 귀신이 있다고 생각하세요?"

"글쎄, 이런 보름달에는 출몰할 것 같기도 하고…. 암튼 조심해야지."

택시가 양화대교를 지나자 내가 사는 푸른 아파트 안내 표지판이 나왔다. 나무라고는 벚꽃 나무 몇 그루밖에 없는데 푸른 아파트라니, 갑자기 웃긴다는 생각이 들어 피식 웃음이 나왔다.

집이 가까워지자 하루의 일들이 아득하게 펼쳐지면서 순간 졸음이 몰려왔다.

기사 아저씨와 나눈 귀신 이야기가 머릿속에 맴도는 듯싶더니 불과 조금 전에 헤어진 파스칼, 셀린, 니콜라의 얼굴이 더욱 선명하게 그려졌다.

그들은 내게 주말에 꼭 와야 한다고 말했고 나는 고개를

푸른 사과의 비밀

끄덕여 약속했다. 그들은 나와 대화를 나누면서 뾰족한 송곳니를 만지작거리며 히죽거렸다. 나도 역시 오른쪽 송곳니가 간지러워 손가락을 입에 넣으려는데 누군가 내 몸을 심하게 흔들었다.

"학생, 일어나!"

"음, 여긴 어디죠?"

기사 아저씨는 어이가 없는 듯, 약간 짜증을 냈다.

"거참, 애가…. 푸른 아파트에 가자는 게 아니었어?"

나는 그제야 제정신을 찾았다.

"아, 기사님 죄송해요. 제가 잠시 딴생각한 모양이에요."

"학생, 많이 힘들어하는 것 같아. 힘내라고!"

"얼마죠?"

내가 택시비를 계산하려 하자, 기사 아저씨는 말했다.

"내게 학생 같은 아들이 있어. 요금은 받지 않을 테니, 절대로 뛰어내리지 마라."

"고맙습니다. 그리고 전 남자가 아니라 여자예요."

기사 아저씨는 선머슴 차림의 나를 위아래로 훑어보며, 고개를 갸우뚱거렸다.

"그럼 내가 숙녀에게 엄청 큰 실례를 했구먼. 미안, 여자인 줄 몰랐어."

하긴 남자니 여자니, 그게 뭐가 중요할까. 어쩔 줄 몰라 당황스러워하는 기사 아저씨가 재미있어 보여 피식 웃음이 나왔다.

나는 우두커니 택시가 유턴하여 다른 승객을 태우고 떠나는 것을 지켜봤다. 걸음을 옮기기가 쉽지 않았다.

아파트 단지에 들어서자, 엄마가 나를 와락 안으면서 뺨에 얼굴을 비비며 반겼다.

엄마는 "무겁지" 하며, 내 어깨의 배낭 가방을 뺏어 들었다.

"온종일 연락도 안 되고… 얼마나 걱정했는데, 어디에 갔었니?"

"종일 걸었어요. 한강변을 따라 걸었어요. 합정동에 가서 뱀파이어들도 만나 보고요."

나는 "아차!" 하며, 방금 뱀파이어라고 한 말을 후회했으나 엄마는 나를 안아 주었다.

"이제 별소리를 다 하는구나. 그 아이 때문에 힘든 줄 알지만, 시간이 지나면 잊힐 거야. 세계 인구의 절반이 남자야.

대학에 가면 얼마든지 더 멋진 남자 친구를 만날 수 있을 거야."

인구의 절반이 남자라는 엄마의 말에 절로 미소가 나왔다.

엄마는 내 손을 꼭 잡아주었다.

현관문에 들어서기가 무섭게 아담이 컹컹대며 꼬리를 흔들면서 거실을 뛰어다녔다.

나는 녀석을 안아 초롱초롱한 눈을 마주 본 뒤 녀석의 촉촉한 코에 내 코를 비볐다.

새벽 2시. 벽시계를 바라보다가, 그 옆의 사진 액자에서 나를 바라보며 미소 짓는 아빠의 눈과 마주쳤다. 아빠는 작년 겨울 만성적인 소화불량으로 병원을 찾았다가 췌장암에 걸린 사실을 알았다. 항암치료를 바로 시작했지만 불과 2개월도 안 돼 세상을 떠났다. 그 빈자리를 서서히 잊어가고 있었는데, 오늘 밤엔 아빠가 곁에서 나를 지켜보는 것 같았다. 난 의자를 딛고 올라가 아빠의 영정 사진 액자를 떼어 깨끗이 닦은 뒤 사진 속 아빠의 뺨에 뽀뽀를 했다.

아빠는 출근할 때나 퇴근할 때면 늘 내게 "우리 공주, 아빠에게 뽀뽀!"하며 큰 바위 얼굴을 내밀었다. 고등학교에 올라와선 내가 짜증을 내며 마지못해 뽀뽀하자, 아빠는 더 이상 내게 얼굴을 들이밀지 않았다. 이렇게 아빠가 세상을 섭게 떠날 줄 알았더라면, 아빠의 소원을 실컷 들어줄 걸 하는 후회가 들었다.

나는 아빠의 사진을 다시 벽에 건 뒤에 아담을 안고서 안 방에 들어가 엄마 곁에 누웠다.

엄마는 두 팔을 벌려 나를 꼭 안으면서, "우리 큰 아기"하 며 엉덩이를 두드려주었다.

나는 엄마의 귀에 대고 속삭였다.

"엄마, 그동안 미안했어요. 많이 사랑해요."

하지만, 입을 다문 채 마음속으로만 웅얼거렸다. 아담이 시샘하는 듯 엄마와 나 사이로 파고들었다. 몇 분이 지나 아 담이 먼저 새근새근 코를 골았고 그 뒤를 따라 엄마도 잠에 빠져들었다.

내가 다니는 학교와 그 옆 학교의 급식식당 두 곳에서 점 심과 석식 파트타임 조리사로 일하는 엄마는 늘 피로한 탓에 눕기만 하면 금세 코를 곤다. 요즘에는 빵집을 차리려는 꿈 에 부풀어 엄마는 주말에 제빵 학원에 다니는데, 별의별 빵 들을 다 만들어 집안에 고소한 냄새가 가득하다. 엄마의 잠 옷에 밴 빵 냄새를 맡으니 기분이 좀 나아졌다.

나는 눈을 감은 채 어둠 속에서 지훈이의 얼굴을 떠올려 봤다.

지훈이가 내게 보낸 문자들이 갑자기 기억이 났다. 나는 엄마와 아담이 깨지 않도록 조심스럽게 휴대폰을 열어, 아까 읽다 만 문자들을 더 읽었다.

민주야, 충격이 컸을 거라고 생각해. 난 너를 좋아하지만, 주현이도 좋아해. 그냥 네가 여사친으로 남아주면 안 될까? 적어도 넌 나를 이해해줄 거라고 믿어. 답장 좀 줘.

나는 녀석의 태도가 이해되지 않아 답장을 보내지 않았다. 지훈이 나를 배신하다니, 그것도 하필이면 내가 싫어하는 곱상한 남자 주현이와 사귀다니….

예쁜 여자아이에게 지훈을 빼앗긴다면 질투심이나 경쟁심이라도 생기겠지만, 내가 아는 사람에게, 그것도 거뭇거뭇 수염이 난 남자에게 뺏기다니, 뭐라 말할 수 없는 복잡한 심경이 들었다. 하루 사이에 내게 일어난 일들을 하나씩 희미하게 떠올리다가 커튼 사이로 푸른 새벽이 비칠 때쯤에야 겨우 잠이 들었다.

은은한 레몬 향이 어디선가 난다 싶더니, 어디서 나타났는지 파스칼이 나를 깨웠다.

"이게 꿈은 아니겠죠? 파스칼이 여긴 웬일이에요?"

"낮에 못 다한 말을 마저 하고 싶어."

"사실, 저도 궁금한 게 많아요. 제가 먼저 물어보고 싶은 게 있어요."

"어떤?"

"만약 제가 강물에 빠져 죽었더라면 어떻게 되었을까요?"

"많은 사람들이 슬퍼하겠지. 특히 엄마는 평생 눈물을 삼키겠고…."

"그게 아니라, 제 질문은 사후세계에 관한 거예요."

"사후세계? 아마도 물고기 밥이 되었거나, 시체가 강물을 따라 바다로 흘러가면 상어밥이 되겠지. 어쩌면 지금쯤이면 상어가 소화시키려 트림하고 있겠네."

"그게 다예요?"

"뭘 기대하는데?"

"뭐, 천국이나 지옥 같은 곳."

파스칼은 내 말을 듣더니 피식 웃었다.

"그걸 믿다니. 아직도 삶이 투명하고, 순수하군. 저 세상의 천국이나 지옥 같은 건 믿지마. 현실의 삶 속에서 천국과 지옥이 갈라지거든."

"어려워요. 쉽게 말해줘요."

"민주의 이해력과 분석력이 적당히 부족한 것도 우리와의 커뮤니케이션에 활력이 되는군. 너무 이기적으로 똑똑하면 내가 할 말이 없잖아."

"사실, 아저씨의 말 뜻을 대략 짐작하면서도 확실히 알고자 물어보는 거예요."

파스칼은 한참 내 눈을 바라보더니, 말을 꺼냈다. 중저음의 진지한 목소리였다.

"쉽게 말해 민주가 강물에 휩쓸려 고기밥이 되면, 엄마와 절친들은 민주를 보고 싶지만 더 이상 볼 수 없는 지옥 같은 삶을 살겠지. 민주가 천당이나 지옥에 가는 건 민주 자신의 문제이니까 그간의 업력(業力)에 따라 결정되겠지만, 엄마와 친구들에게 지옥 같은 나날을 선사하는 셈이지. 그러니까 자신이 삶이 슬프다고 해서 죽으면 안 되는 거지."

"업력이라는 게 뭐죠?"

"저 세상의 갈림길에서 업력에 따라 천당과 지옥을 부여받는데, 민주는 아직 그걸 쌓을 시간을 갖지 못했어."

"무슨 말씀이세요? 저도 살 만큼 살았어요."

파스칼은 머리를 좌우로 흔들며 내 손을 꼭 집었다.

"무슨 말을 그렇게 해? 난 200년을 넘게 살았어. 아직 할 일이 많아. 나와 함께 좀 더 멋진 세상을 만들어보자고."

"무슨 일을요?"

"그냥 내가 이끄는 대로 나를 따르면 돼."

"제가 왜 그래야 되죠?"

"그게 너의 숙명이거든."

"숙명이라는 게 뭐죠?"

"예를 들면, 민주와 내가 이렇게 만나서 얘기할 수 있는 거. 그동안 내가 자살 직전의 청년들을 많이 구했지만 감응자기장(感應磁氣場)을 이렇게 강하게 느낀 건 민주가 처음이야."

"감응자기장이라니? 뭔 말인지 모르겠어요."

"그거 때문에 우리가 꿈속에서 만날 수 있는 거지. 차차 알게 될 거야."

희미하게 들리던 컹컹 소리가 점점 더 크게 들렸다.

"이게 꿈이라는 건가요. 근데, 파스칼의 말에 개 짖는 소리가 들리네요. 불경 스럽게….."

송곳니

아담이 짖는 소리에 눈을 떴다. 파스칼은 온데간데없고, 녀석이 눈 똥이 패드 위에 엿가락처럼 늘어져 있다. 녀석은 대변을 누면 꼭 간식을 달라고 짖는다.

아직 잠이 덜 깬 나는 제대로 눈을 뜨지 못한 채 냉장고를 더듬어 녀석이 가장 좋아하는 닭가슴살을 꺼내 던져주었다. 시계를 보니 8시 20분이었다.

식탁 위에는 일찍 일을 나간 엄마가 구워놓은 크루아상 한 개와 사과 한 조각, 두유 한 팩이 놓여 있었다. 나는 서둘러 옷을 갈아입고, 세수한 뒤에 책가방을 멘 채 크루아상을 뜯어 먹으며 학교에 갔다. 집에서 학교까지는 걸어서 10분 거리. 꿈속에 나타난 파스칼이 내게 한 말이 또렷이 떠올랐다.

"그게 너의 숙명이거든."

'뭐야, 그 뱀파이어 아저씨가 이끄는 대로 따라가는 게 나의 숙명이라고?'

꿈속에 파스칼과 나눈 대화를 떠올리면서 학교에 도착했다. 다행히 아직 담임선생님의 조회시간 전이었다. 아이들이 게시판 앞에서 웅성거렸다.

'김지훈, 무기정학'
'이주현, 무기정학'

놀라웠다. 나를 차버린 지훈이 주현과 연애질을 하다가 둘 다 정학을 당할 줄이야.

아이들이 수군거렸다.

"둘이서 그 짓 하다가 학생주임한테 딱 걸렸대!"

"말도 안 돼. 지금이 뭐 조선시대야?"

"미션 스쿨이라 별걸 다 참견하네."

내 등 뒤에서 누군가 혐오발언을 쏟아냈다.

"지저분한 녀석들."

일부러 내 귀에 대고 히죽거린 아이를 쥐어박고 싶어 뒤를 돌아보니, 평소에 내 주위를 얼쩡거리는 반장이었다. 제 딴에는 나를 두고서 지훈이 연적이라고 생각하는 듯싶었다.

푸른 사과의 비밀

'어림없는 녀석, 반장이라는 녀석의 수준이 이 모양이라니…'

나는 어제 지훈에게서 받은 문자들의 내용을 떠올렸다.

난 너를 좋아하지만, 주현이도 좋아해.
내게 그냥 여사친으로 남아주면 안 되겠니?

강 너머의 학교에서 2학년 2학기에 전학 온 주현이는 여자도 아니면서 여자애 차림을 하고 다녀 애들 사이에서 놀림감이 되어 왔다. 피부가 뽀얗고, 늘씬하고 손가락이 가늘고 길어 나 같은 보통 애들이 보기에도 밥맛없는 남자애였다. 예쁜 남자가 내 적이 될 수도 있다는 걸 보여준 셈이었다. 나는 유쾌하지 못한 그의 문자들을 털어버리려 머리를 흔들었다.

수업 시작 10분을 남기고, 담임선생님이 급하게 들어와 지훈이와 주현의 무기정학 사실을 알리며 칠판에 큼지막한 글씨를 갈겨썼다.

품행방정 준수

대개는 수업 시작 20분 전에 학급 조회시간을 갖는데, 오늘은 아마도 교무회의가 두 아이의 문제로 좀 길어진 듯했다. 담임선생님은 반 아이들을 둘러보더니, 교탁을 쳐 반장의 경례를 받고서 교실을 종종걸음으로 떠났다.

하루가 어떻게 지났는지 기억이 나지 않았다.

한때 내가 좋아했던 지훈에 대한 생각도 더는 나지 않았다. 어제 내가 만난 파스칼, 셀린, 니콜라가 종일 떠올랐다. 잠결에 내가 들은 대로, 진짜로 그들이 뱀파이어고 내 목의 작은 상처가 파스칼에게 물린 자국이라면, 나도 뱀파이어가 될 운명일까.

나는 수업 시간 내내 손가락으로 송곳니를 만지작거렸다.

잇몸이 간지러운 걸 보니 송곳니가 조금 돋은 것 같기도 하고, 아닌 것 같기도 하고 도무지 감을 잡을 수가 없었다.

수업이 끝나자 나는 "라면 먹으러 가자"라는 친구들의 유혹을 뿌리치고 곧장 영어학원으로 향했다. 학원에 늘 지각하던 내가 수업 시작 전에 도착하자 원장님이 놀란 표정을 지었다.

"어제는 수학 영어 모두 빼먹고 종일 연락 두절이던데, 웬일이야?"

"이제부터 영어공부만큼은 열심히 하려고요."

"그럼, 수학은 언제?"

"모르셨어요? 수포한지 오래됐잖아요."

"그래, 국제화 시대에 영어라도 건져야지."

사실, 내가 하기 싫어하던 영어공부를 갑자기 열심히 해야 겠다고 마음먹은 것은 아무래도 파스칼과 셀린, 니콜라와 영어로 말하면 훨씬 더 가까워질 수 있을 것 같은 생각이 들어서였다.

아직 송곳니는 돋아날 기미가 없지만, 왠지 내 몸이 뱀파이어가 된 듯한 묘한 기분은 그들에게 친밀감을 느끼는데 한몫했다.

원장님과 얘기하는 사이에, 같은 반 아이 두 명이 들어왔다.

그중 한 여자아이는 중요한 특종인 양 지훈이와 주현의 무기정학에 대한 뒷담화를 해댔다.

"원장님, 민주가 좋아하던 남자애가 다른 남자애랑 학교에서 그 짓을 하다가 퇴학당할 뻔했어요."

그러자 다른 애가 말을 이었다.

"생각만 해도 창피하지 않아요…? 정학이면 나 같으면 아예 학교를 그만둘 것 같은데."

기분 같아선, 욕을 한 바가지 퍼붓고 뛰쳐나가고 싶었지만, 나는 꾹 참고 수업에 집중했다. 소규모의 영어학원이어서 원장님이 직접 강의하는데, 모처럼 공부해서인지 수업이 끝난 뒤에 뿌듯한 기분이 들었다.

집에 들어와서 평소 영화를 좋아하는 친구 네 명을 꼬드겨 넷플릭스에 저렴한 4인 가격제로 가입했다. 단순히 뱀파이어 관련 영화들을 보기 위해서였다. 토요일이 되기까지 나는 일주일 동안 학교생활, 영어공부, 뱀파이어 영화 보기로 꽤나 알찬 시간을 보냈다.

새벽까지 뱀파이어 시리즈물을 보느라 눈 아래에는 축 처진 다크서클이 생겼고, 자주 송곳니를 만지작거린 탓에 잇몸이 빨갛게 부풀었다.

토요일 새벽 6시까지 1.5배속으로 뱀파이어 시리즈물을 시즌 5까지 정주행해서 다 보고 나니, 피곤하기는커녕 오히려 정신이 또렷해졌다.

물 한 잔을 마신 뒤 변기에 앉아, 영화 보느라 몇 시간 동안 꾹 참았던 소변을 누면서 고개를 돌려 욕실 거울에 비친 내 모습을 슬쩍 보았다. 송곳니만 삐져나오면 내 얼굴은 영

푸른 사과의 비밀

화에서 보던 영락없는 뱀파이어였다. 난 거울 앞에서 지훈을 떠올리며 이빨을 훤히 드러내고, 그의 목덜미를 확 깨무는 상상을 했다.

'한심한 자식, 날 떠나더니만, 꼴좋다.'

나는 샤워를 하면서 파스칼, 셀린, 니콜라와 만나기로 한 약속이 떠올라, 뱀파이어처럼 퀭하게 보이도록 얼굴에 물 한 방울 묻히지 않았다. 공복에 우유를 한잔 데워 마시고 나니 눈꺼풀이 무거워지면서 나도 모르게 잠이 들었다.

뱀파이어가 된 내가 지훈의 목을 송곳니로 물어 뱀파이어로 만들고, 지훈은 주현을 물어 또 그를 뱀파이어로 만드는 꿈을 꾸었다. 나는 뱀파이어의 두목으로서 지훈이와 주현을 심복으로 삼아 내가 다니는 학교의 선생님과 학생들을 모두 뱀파이어로 만들었다.

모두가 나의 한 마디에 절대 복종하였다. 뱀파이어 제국의 제왕으로 추대되어 담임선생님이 내게 마침내 왕관을 씌워주려는데, 내 몸이 마구 흔들렸다. 엄마는 나를 깨우다가 포기한 듯 서둘러 나갔다.

"민주야, 뭔 낮잠을 그리 많이 자니? 크루아상 구워 났으니 사과잼 발라 먹어. 엄마는 제빵 학원에 다녀올게. 오늘은 이탈리안 피자를 만드는 법 배워 와서 나중에 피자 만들어줄 게."

현관문이 쾅하고 닫히고, 아담이 짖는 소리가 아련하게 들렸다. 시간이 얼마나 지났을까? 꿈은 뒤죽박죽 계속되었다. 뱀파이어의 혀가 내 목의 상처를 핥는 느낌이 들어 깜짝 놀라서 눈을 떴다. 아담의 혀였다. 녀석은 패드에 대변을 누고서, 착한 짓을 했으니 간식을 달라는 의사표시를 늘 이런 식으로 했다. 벽시계를 보니 오후 3시였다.

아담에게 닭가슴살을 조금 찢어서 던져주고, 대변을 휴지로 싸서 화장실 변기에 버리면서 거울에 비추어 내 얼굴을 천천히 살펴봤다. 영락없는 뱀파이어의 얼굴이었지만 돌출되지 않은 송곳니가 영 마음에 걸렸다. 엄마가 구워놓은 크루아상에 치즈를 올려 먹을 때 갑자기 뱀파이어들의 식생활이 궁금해졌다.

거의 일주일 동안 뱀파이어 영화들을 봤지만, 뱀파이어들이 어떤 음식을 좋아하는지는 짐작이 가지 않았다.

'정육점에서 선지를 사 갈까? 아니면, 세련되게 티라미수와 마카롱을 사 갈까?'

영화 속의 예쁜 뱀파이어처럼 엄마의 빨간 립스틱을 입술

푸른 사과의 비밀

에 칠하고, 아이섀도를 짙게 바르고, 마지막으로 레몬 향 향수를 머리와 옷에 잔뜩 뿌리고서 검정 미니스커트에 푸른 숄을 둘렀다. 나의 화려한 변신이 말 많은 이웃집 아줌마들에게 들킬지 몰라 챙 넓은 모자와 선글라스를 착용하는 것도 잊지 않았다. 4시쯤에 에코백을 메고, 사각 마스크로 얼굴을 가리고 집을 나섰다. 전철에는 출퇴근 시간대가 아닌데도 많이 붐볐다. 모두가 나를 뱀파이어로 보는 듯한 느낌이었다. 목적지인 합정동으로 바로 가지 않고, 엄마가 한우를 살 때 자주 이용하던 망원시장에 들러 붉은 선지를 사서 깔때기로 1리터짜리 페트병에 넣었다.

친구들과 자주 가던 망리단길의 티라미수 가게와 마카롱 가게에 들를까 망설이다가, 어쩌면 뱀파이어들이 송곳니가 썩을까 봐 단맛을 싫어할 것 같은 생각이 들어 그만두었다.

선글라스를 끼고 합정동 사거리의 횡단보도에서 초록색 신호를 기다리는데, 어디선가 레몬 향이 날아왔다. 파스칼과 셀린, 니콜라에게서 났던 바로 그 향이었다.

콧구멍이 살짝 밖으로 삐져나온 들창코 덕분일까? 아담의 코에 버금갈 정도로 냄새에 민감한 내 코는 합정역 7번 출구 뒤의 절두산 방향으로 향했다. 기억을 더듬어보니 파스칼 일행과 약속을 할 때 날짜를 주말이라고만 했지, 정확한 시간과 장소를 말하지 않은 것 같았다.

'이거 서울에서 김서방 찾는 기분이네.'

하지만 나는 나의 육감을 믿었다. 꼬불꼬불 골목길을 따라 빨간 벽돌로 지어진 집들을 천천히 살펴보며 들창코를 킁킁 거렸다.

얼마 전 엄마에게 콧구멍을 숨기고 콧대를 높여주는 코 성형수술을 해달라고 졸랐는데, 때로는 들창코도 쓸 만하다 는 생각이 들어 피식 웃음이 나왔다.

만약 내 코가 더 매력적이었더라면, 지훈이 나를 떠났을 까?

나 자신도 이건 어이없다는 생각이 들어 고개를 저었다.

'녀석의 취향은 나와 맞지 않잖아.'

골목길을 돌고 돌면서 파스칼이 나를 안고 데려간 빨간 빌라의 지층을 다시 찾았지만, 도무지 알 수 없었다. 걷다 보 니 절두산 성지라는 안내판이 보였다. 신자는 아니었지만 이 곳이 어떤 곳일까 하는 호기심이 생겨 발걸음을 절두산 방향 으로 옮겼다.

비탈진 길을 오르니 마침 잠두봉에 우뚝 솟은 성당에서 몇몇 사람이 미사를 보고 있었다. 성당 한쪽에는 상설 고해 소가 눈에 띄었지만, 왠지 나만의 비밀을 들켜버릴 것 같고 또 어쩐지 죄인이 된 기분이 들어 얼른 지나쳤다.

언덕 위에서 한강을 바라보니 양화대교 너머의 하늘 아래로 붉은 석양이 지고 있었다.

저 멀리 양화대교 위에 자동차와 사람들의 모습이 어렴풋이 보이는 듯싶다가 바람결에 성당 위의 높은 십자가로부터 은은히 레몬 향이 실려 왔다.

미사가 진행되는 동안, 나는 성당의 뜰에 놓인 긴 의자에 누워 석양에 물든 불그스레한 뭉게구름 조각들을 바라보았다. 늦잠을 잤지만, 아직 노곤함이 풀리지 않았나 보다.

그만 잠이 들었다. 꿈속에서 아빠가 나를 목마에 태우고 즐거워하던 모습, 내가 엄마에게 코 수술시켜달라고 떼 부리던 일, 그리고 지훈이와 내가 손잡고 벚꽃 거리를 거닐다가 친구들에게 놀림을 당한 일이 파노라마처럼 펼쳐졌다. 꿈속에서 많은 일이 들쭉날쭉 혼란스럽게 전개되었다. 심지어 내가 뱀파이어가 되어 췌장암으로 죽은 아빠의 무덤을 파고 아빠를 다시 살려내는 기적을 일으켰다. 나는 아빠의 따스한 품 안을 파고들었고, 아빠는 외투를 벗어 나를 감싸주었다. 아빠의 따스함이 고스란히 느껴졌다. 얼마나 시간이 지났을까? 땅거미가 내 눈에 어둑하게 내려앉아 눈을 떴다.

누군가 아직 벤치에 누워있는 나의 얼굴을 내려다보고 있었다.

"이제 깼어?"

"……?"

"나야, 파스칼."

그 뒤에서 다른 목소리들이 들렸다.

"민주, 이런 데서 자면 입 돌아가."

"이런 데서 자면 안 되지."

셀린과 니콜라가 장난스럽게 말을 걸어왔다.

난 그대로 누운 채 그들을 바라보았다. 꿈속에 나를 감싼 아빠의 외투는 파스칼이 입고 있던 우영미 패션의 솔리드 옴므였다. 스커트를 입은 숙녀의 체면이 여지없이 구겨졌지만, 다행스럽게 나는 마스크에 부끄러움을 감출 수 있었다. 파스칼은 웃으며 팔을 뻗어 나를 일으켜 세웠다.

"이제 가볼까?"

파스칼은 나와 함께 나란히 걷고, 그 뒤를 셀린과 니콜라가 따랐다. 성당에서 나지막한 언덕 아래로 내려오는데 레몬향을 풍기는 한 무리의 사람들이 삼삼오오 카페에서 나오면서 파스칼 일행에게 미소를 지었다. 어떤 이는 파스칼과 포옹을 하기도 하고, 또 어떤 이는 파스칼의 볼에 입맞춤하기도 했다. 프랑스 영화에서 많이 봤던 비주(bizou) 인사였다.

아무리 생각해도 이상했다. 겉으로 보기에 내 눈에는 이상할 것 하나도 없는 인간의 모습인데, 어떻게 저 사람들이 뱀파이어일 수가 있는 걸까?

카페에서 오른쪽 길로 빠진 한적한 골목길로 접어들자, 파스칼 일행은 발전소와 벽을 사이에 둔 빨간 벽돌의 빌라 건물 앞에서 걸음을 멈추었다. 멀리서 이쪽 하늘을 볼 때마다 하얀 수증기가 높이 치솟아 올라 궁금했는데, 이런 곳에 발전소가 있다니. 너무 신기했다. 파스칼의 안내로 반지하의 집으로 들어가려는데, 현관문을 통해 진한 레몬 향이 나의 들창코를 자극했다. 그리 넓지 않은 공간에 10여 명이 테이블에 둘러앉거나 의자에 앉아서 핏빛 와인을 마시고 있었다. 내가 파스칼 일행과 방안으로 들어서자 모두가 나를 바라보았다. 뱀파이어의 모임인 듯했는데, 어느 누구에게도 뱀파이어 같은 생김새가 느껴지지 않아 의아한 생각이 들었다.

뱀파이어 영화에서 본 것처럼, 이들은 검은색으로 의상 코드를 맞추지도 않았다. 테이블에 놓인 유리잔 속의 적포도주가 이상하게도 붉은 피로 보였다. 진짜 인간의 피일지도 모른다는 생각이 들었다.

하지만 나는 파스칼이나 셀린과 니콜라의 입을 통해 직접적으로 그들이 뱀파이어라는 얘기를 들어보지는 않았다. 나만 한강에 뛰어내린 나를 파스칼이 구해서 이곳까지 안고 온 날, 잠결에 그들이 자신들의 정체를 뱀파이어라고 내비친 얘기를 들었을 뿐이었다. 나를 두고 장난삼아 얘기했을 것 같지는 않았다.

파스칼은 쭈뼛쭈뼛 낯설어하는 나를 가운데의 빈자리에 앉혔다.

"동지들, 지난 한 주 잘 지냈습니까? 전염병이 창궐하는 우울한 시대를 지나, 모두 이렇게 건강한 모습으로 다시 만나게 되어 반갑습니다. 대의원 회의를 시작하겠습니다. 지난 한 주 동안, 우리는 죽기 직전의 젊은이를 셋이나 구했습니다. 하지만 안타깝게도 한 사람의 생명은 구하지 못했습니다. 우리가 야행성인 탓에 거의 활동하지 않는 대낮에 너무 찰나적으로 발생한 사건이라서 그만 아까운 젊은 생명을 잃었습니다. 오늘은 이에 대한 대책을 논의할까 합니다. 아울러, 오늘은 좀 특별한 내빈을 모셨습니다. 서로 인사를 나누지요."

내 오른쪽 옆자리의 민머리가 내게 악수를 청했다.

"안녕, 난 쇼브(Chauve)야."

조명에 반사된 머리가 반질거렸으나 주름 없는 얼굴을 보니, 나이가 40대 중반으로 보였다. 나는 얼떨결에 그의 손을 잡았다.

그 뒤를 이어 차례대로 악수하여왔다.

"난 프리제(Frisé)야. 여기선 곱슬머리라고 부르기도 해."

얼굴색이 거무잡잡하고, 가슴이 넓고 탄탄해보여 운동선수처럼 보였다. 그는 내게 살짝 윙크를 하며 두터운 손으로 내 손을 잡아 흔들었다.

그 옆에 다소곳이 미소를 짓던 30대 초반의 숙녀가 가느다란 손을 내밀었다.

"난 단발머리 카레(Carré)."

나는 빨간 매니큐어를 칠한 그의 손톱들이 어쩌면 핏물을 들였을 거라고 생각하며 그의 손을 살짝 잡았다.

이어 머리카락을 치렁치렁 늘어뜨린 묘한 느낌의 여자가 손을 내밀었다.

"난 빨간머리 루주(Rouge). 흔히 빨간머리 앤이라고 불려."

그의 손을 잡고 보니, 피부가 두텁고 거칠어 여자가 아닐 수도 있다는 생각이 들었다. 영화 〈빨간머리 앤〉의 앤과 상반된 이미지의 그를 보고, 피식 웃음이 나왔다. 혹시 나의 웃음이 앤의 기분을 상하게 할 것 같아 긴장하고 있는데, 나머지 4명이 동시에 인사를 건넸다.

"난 뤼넷트(Lunettes)야. 안경잡이라고 불러도 돼."

"난 흰머리 블랑(Blanc), 하지만 여기서 가장 젊은 편이야."

"난 꽁지머리 카토간(Catogan), 인간 세계에선 로커였지."

"난 금발머리 블롱 (Blond)이야."

한꺼번에 악수를 청하는 바람에 생김새와 이름이 잘 매치가 안 되었다. 더욱이 이름이 모두 프랑스식이어서 낯설면서도 이국적인 느낌을 주었다. 하지만 이들의 한국어 발음은 정확했다. 베레모를 눌러쓴 쇼브❖가 와인을 한 모금 마신 뒤, 심각한 표정으로 말했다.

"제가 며칠 전 대낮에 잠깐 산책에 나섰다가 극심한 피부 손상을 입은 바람에 선글라스를 끼는 신세가 되었습니다. 우리 뱀파이어들로서는 아직 해가 지지 않은 시간에 돌아다니는 것은 위험을 자초하는 일입니다. 철부지들을 구하려다가

❖ 중학교 교장 선생님 출신. 파리 수학여행 중 센느강 유람선에서 장난을 치던 제자 2명이 강물로 미끄러져 익사한 이후 이들을 구하지 못한 죄책감으로 신경쇠약증을 앓다가 한강에서 투신했으나 파스칼이 구조하여 뱀파이어로 변태시켰다.

애들도 구하지 못한 채 우리가 타 죽을 수 있습니다. 전생에 무슨 업보를 진 건지 인간계에서 제가 저지른 실수를 또 반복할까 두렵습니다."

몇몇은 그의 말에 동의하는 듯 고개를 끄덕였다. 이에 셀린은 그를 바라보며 나긋한 음성으로 말했다.

"충분히 이해합니다. 우리의 생명도 소중하니까요. 하지만 우리의 체질이 인간사회에 많이 적응되어 선크림 같은 화장품을 고루 바르고, 큼지막한 잠자리 선글라스를 끼면 얼마든지 햇볕을 차단할 수 있다고 생각합니다. 또 어느 정도의 미온적인 햇볕은 오히려 우리의 체질을 강화시켜줄 것입니다. 인간사회 속담에 '봄볕은 며느리들 쬐이고, 가을볕은 딸을 쬐인다'는 말이 있듯이, 어쩌면 지금 4월의 은은한 햇볕이 우리에게 부족한 비타민D를 공급해 줄 거라고 생각합니다."

쇼브는 이에 지지 않고 반박했다.

"셀린, 터무니없는 말로 우리를 현혹하지 마세요. 그건 골다공증이 많은 인간에게 통하는 속담이에요."

잠시 눈을 감은 채 듣고 있던 파스칼이 입을 뗐다.

"시범적으로 낮잠을 조금 줄여 돌아가면서 당번을 서면 어떨까요? 셀린의 제안대로, 당번은 선크림을 잔뜩 바르고 햇볕 투과율이 거의 없는 고글을 착용하고서 그늘막에서 구조 활동을 벌이기로 하겠습니다."

참석자들은 모두 일사불란하게 휴대폰의 메모장에 회의 내용을 기록했다. 파스칼은 참석자들을 둘러보며 말을 이었다.

"다른 의견이 없으면, 오늘 회의에서 가장 중요한 안건을 다루겠습니다. 조금 전에 여러분이 가볍게 손 인사를 나눈 민주 학생에 관한 문제입니다. 박수로 환영해주길 바랍니다."

파스칼이 와인잔을 들어, "팍스 뱀피르(Pax vampire)!"를 외치자, 모두가 "팍스 뱀피르!"라고 복창했다. 나와 이미 인사를 나눈 셀린과 니콜라는 와인잔을 서로 부딪치며 "반가워", "환영해"를 외쳤다. 나도 내 자리 앞의 와인잔을 들어 목인사를 건넸다. 술을 좋아했지만, 첫 대면이라서 얌전한 체하느라 잔에 입을 대지 않았다. 파스칼은 나의 등장에 의아해하는 표정을 짓는 참석자들을 둘러보면서 말을 계속했다.

"해 질 녘에 양화대교에서 뛰어내린 저 아이를 너무 급하게 구하느라, 목에 살짝 상처를 냈습니다. 50kg가량 되는 아이의 몸을 손으로 잡긴 힘들어 이빨을 살짝 대었는데, 확실치는 않지만 어쩌면 그곳이 목덜미일 거라는 생각이 듭니다.

현재로는 여러분이 보시는 바와 같이 아직 변태가 이뤄지지 않았습니다. 몇 년 전, 망원동 선언을 통해 더 이상 무고한 인간을 희생시켜가면서까지 우리의 종족을 늘리지 말자고 천명한 이후, 단 한 명의 뱀파이어도 생기지 않았는데 이번에 저의 의도치 않은 실수로 인해 저 아이가 뱀파이어가 될까 걱정입니다."

분위기가 착 가라앉아서 주위의 눈치만 살폈다. 하지만 마음속으로는 파스칼의 발언에 반박하고 싶었다.

'내가 뱀파이어가 될까 걱정스럽다고? 마스크를 벗어서 나의 퀭한 눈과 다크서클, 잇몸을 뚫고서 조금씩 돋기 시작한 송곳니를 보여줘야겠군.'

사실, 잇몸이 부은 것은 지난 일주일동안 송곳니를 손가락으로 계속해서 닦고 잡아당긴 탓이 더 컸지만, 간질간질한 느낌이 든 걸 보면 어쩌면 송곳니가 나고 있을 것이라는 생각이 들었다. 그러자 반대편의 루주❖가 번쩍 손을 들었다. 빨간 머리카락을 어깨까지 늘어뜨린 루주는 빨간 입술을 실

❖ 루마니아 부쿠레슈티에서 온 여행객 출신. 한국의 TV 드라마를 너무 좋아해 드라마 속의 주인공을 닮은 남자 친구를 찾을 기대를 안고 한국에 왔다가 현실에서는 자신에게 어울리는 멋진 남자가 없다는 사실에 급실망하여 방황하다가, 실수로 절두산 절벽에서 떨어졌으나 파스칼이 구조하여 뱀파이어로 변태시켰다.

룩거리며 말했다.

"파스칼, 지금 이 자리에서 저 아이의 증상을 살펴보는 건 어떨까요? 만일에 저 아이가 진짜로 저주받은 우리의 종족으로 변한다면, 저 아이가 큰일을 저지르기 전에 생명 감수성 교육을 받아야 할 것 같아요. 파스칼이 제게 한 것처럼요."

루주는 나의 눈을 응시하며 위아래로 내 모습을 살펴봤다. 생명 감수성 교육이 뭔 뜻인지 몰라 어리둥절한 표정을 지었는데 셀린은 나에게 미소를 지어 보이며 귓속말로 거들었다.

"송곳니를 모두 뽑는다는 거지."

나는 셀린의 말에 깜짝 놀라 주위를 둘러보았다. 모두가 나를 쳐다보았다. 어쩔 줄 몰라 난감한 표정을 짓고 있는데 이때 쇼브가 고개를 내게 들이밀고 코를 킁킁거리며 한마디 했다.

"이 아이에게서 벌써 비린내가 풍기고 있는 걸 보니 뱀파이어, 다시 말해 우리의 종족으로 변태 중인 듯싶습니다."

집에서 나올 때 망원동 시장의 고깃집에서 선지를 페트병에 담아온 게 기억이 나서, 마음속으로 '귀신같은 코를 가졌네!'라는 생각이 들었다. 하지만 나는 아무것도 모르는 척했다. 그는 내게 마스크를 벗어보라고 말했고, 나는 살짝 불쾌한 기분이 들었지만, 마스크를 벗었다. 그는 나의 민얼굴을 들여다보며 품평회를 하다시피 했다.

"맨눈으로 보아도 어린 나이에 눈이 퀭하고 눈두덩이가 축 처졌고 다크서클이 깊게 생겼습니다. 이런 정도라면 1주일 이내에 우리 종족의 변태균인 뱀(vam)이 온몸에 퍼질 것입니다."

그는 이어 내게 입을 크게 벌려 송곳니를 보여 달라고 했다. 생각해 보니, 아침부터 지금까지 양치질을 안 한 듯싶어 조금 머뭇거렸다. 셀린은 이번에도 또 미소를 지으며 어깨를 들썩이며 송곳니를 내보이라는 표정을 지었다. 묘한 기분이 들었지만 쇼브의 요구대로 크게 입을 벌렸다. 치과 의사 선생님 앞에 앉는 것도 부끄러운 일인데 난생처음 보는 뱀파이어들 앞에서 이렇게 입을 척 벌리다니, 난감하기 이를 데 없었다. 하지만 나 역시, 뱀파이어로의 변태가 이뤄지고 있는지 궁금해서 꾹 참고 그들이 원하는 대로 자세를 취해 주었다.

"잇몸이 부은 걸 보면 송곳니가 돋는 것 같군."

"그런데 아직 송곳니가 더 자라진 않은 걸 보니 위험한 수준은 아니야."

"아무래도 더 지켜봐야 할 것 같아."

"송곳니가 길어지면 그때 빼면 될 것 같아."

여기저기서 의견들이 쏟아졌지만, 결론은 쉽게 나지 않았다.

파스칼은 니콜라에게 뱀파이어 감염 여부를 판별하는 뱀균 진단기를 창고에서 꺼내오라고 지시하며, 말을 이었다.

"민주의 감염 여부를 맨눈으로 판독하기가 쉽지 않아 뱀균 진단기를 사용할까 합니다. 이 진단기는 얼마 전에 10초 만에 판독 결과를 알 수 있는 전염병 진단기를 선보인 카이스트의 캐리 김 박사가 우리 종족의 비극을 막기 위해 오래전에 개발해서 기증한 것입니다. 우리는 이 진단기 덕분에 5년 전부터 뱀균을 미리 발견해 인간들의 피해를 많이 줄일 수 있었습니다. 이 진단기의 정확도는 90% 이상입니다. 만일에 이 진단기의 테스트에서도 이 아이가 양성으로 나오면 이 자리에서 두 송곳니를 뽑도록 하고, 음성으로 나오면 일주일 더 지켜보는 것으로 하겠습니다. 어떻습니까?"

파스칼의 발언에 아무도 문제를 제기하지 않았다. 루주나 쇼브도 파스칼의 말에 고개를 끄덕이며 동의를 표시했다.

니콜라는 주사기로 내 팔목의 피를 뽑은 뒤에 진단기에 몇 방울을 떨어뜨려 색의 변화를 관찰했다. 모두가 초조하게 지켜보았다. 파스칼은 결과를 기다리는 동안 스스로 유리

잔에 와인을 채워서 눈을 감은 채 맛을 음미했다. 나는 은근히 뱀균 진단에서 양성반응이 나오길 기대했다. 뱀파이어가 되면 꿈속에서처럼 가장 먼저 나를 버리고 떠난 지훈이와 내 남자 친구를 뺏은 주현의 목을 송곳니로 깨물어주고 싶었다. 나는 내가 이들의 집들이 선물로 가져온 에코백 속의 선지를 누가 알아챌까 봐 꼭 안고 있었다. 뱀파이어의 증상 중 하나인 비린내가 선지가 아닌 내게서 난다고 믿는 그들을 실망시키고 싶지 않았다.

마침내 니콜라는 진단기의 판독 결과를 알려주었다.

"다행스럽게도, 음성입니다. 일단 안심해도 될 것 같습니다."

나는 한마디 내뱉고 싶었지만, 입을 열지는 않았다.

'다행이라고요? 난 오히려 실망인데요.'

파스칼은 만족스러운 표정으로 말했다.

"음성으로 판독됐지만, 이 아이의 정황적 증상으로 볼 때 안심하기는 이릅니다. 모두 관심을 두고 지켜봐야겠습니다."

그리고 그는 내게 한마디 했다.

"오늘, 우리의 까다로운 요구에 협조해 준 민주님에게 진심으로 감사드립니다. 이 모든 테스트가 민주님 자신과 민주님의 가족을 위한 것이었고, 우리가 꿈꾸는 생명공동체 운동을 위한 것입니다."

그는 모두에게 와인잔을 가득 채워달라고 말했다.

"당분간 민주 학생을 지켜보겠습니다. 뱀균 증상이 아직 불확실한 상황에서 예전대로 복귀하는 것은 인간 세계와 우리 모두에게 불행을 초래할 수 있습니다. 아직 뱀파이어가 아니고 또 뱀파이어가 되어서도 안 되지만, 혹시라도 이 아이가 뱀파이어로 변태될지 모르니까 니콜라가 이 아이에 대한 세심한 관찰을 담당해주길 바랍니다."

어안이 벙벙했다. 뱀파이어들이 내가 자신들처럼 뱀파이어가 될까 봐 걱정하는 게 도무지 이해되지 않았다. 파스칼은 나를 은근한 미소로 바라보며 내 손을 꼭 잡았다.

"심적으로 여러 가지 힘든 게 많을 줄 알지만, 나는 네가 우리 뱀파이어의 고통을 이어받지 않길 바라. 내가 너를 구할 때 네 목에 상처를 내지만 않았어도 이런 걱정을 안 할 텐데 말이야. 여기에서 있었던 일은 모두 비밀로 해줄 수 있겠니?"

파스칼은 내 이마에 가벼운 입맞춤을 한 뒤 모든 이들에게 큰 소리로 말했다.

"형제들이여, 벌써 밤 11시입니다. 여기 우리의 친구가 된 민주를 이제 보낼까 합니다. 엄마가 노심초사 아파트 앞에서 기다립니다."

아까 들고 온 비린내 나는 선지 페트병을 에코백에서 꺼내지도 못한 채 다시 어깨에 둘러멨다. 내가 기대했던 피의 카니발은 아직 없었다. 밤새 그들이 어떻게 지낼지 궁금했지만, 아파트 정문 앞에서 나를 기다릴 엄마와 아담을 생각하며 밖을 나왔다. 놀랍게도 니콜라가 영화에서 나올법한 오래된 딱정벌레차의 문을 열고서 나를 정중하게 안내했다.

내가 거절할 겨를도 없이 그는 시동을 걸며 장난스럽게 말했다.

"파스칼로부터 민주님을 댁까지 잘 모시라는 지시를 받았습니다. 편히 모시겠습니다."

니콜라는 마치 내가 어디에 사는지 다 아는 것처럼 내게 주소를 묻지 않았다. 그의 딱정벌레차는 쏜살같이 달려 5분 만에 아파트 단지 초입에 도착했다.

"민주, 저기 엄마가 기다리시니 여기서 내려줄게. 나는 네가 우리처럼 뱀파이어가 되지 않은 게 천만다행이라 생각해. 오늘 좋은 꿈 꾸고, 조만간 또 만나길 바라."

하지만 나의 속마음은 정반대였다.

'뱀파이어에게 물렸으면 뱀파이어가 되는 게 당연한 일 아니에요? 난 뱀파이어가 되고 싶단 말이에요.'

내가 내리자마자 딱정벌레차는 어둠 속으로 미끄러졌다. 걸으면서 그의 말을 음미했다. 간단히 정리하자면, 내가 아직 뱀파이어가 아니라 인간이기 때문에 그들을 도울 수 있을 것이라는 얘기다.

　'어떤 점에서 내가 그들에게 도움이 될 수 있는 것일까?'

　집에 가까워지자 컹컹 짖는 강아지의 실루엣이 보였다. 엄마와 함께 산책 나온 아담은 나를 보자 너무 반가운 나머지 땅바닥에 떼굴떼굴 뒹굴었다. 엄마는 내가 맨 에코백을 무겁지 않냐며 뺏어 들었다. 망원시장 고깃집에서 산 선지 페트병을 엄마에게 어떻게 설명해야 할지, 머리를 굴렸지만 생각이 떠오르지 않았다.

　다행스럽게도 에코백 안에는 책 몇 권이 들어 있어서 엄마는 페트병의 존재를 눈치 채지 못했다.

　"이 시간까지 공부했니? 이번 중간고사가 부담스러운 모양이구나. 잘 챙겨 먹어야 할 텐데, 이거 토마토 주스니? 이런 설탕 음료 마시지 말고…."

　나는 엄마 말에 겸연쩍어 둘러댔다.

　"마시다가 버리기 아까워서 들고 왔는데 꽤 무겁네."

엄마는 내 목을 한창 들여다보며 목걸이의 하트 방울이 참 예쁘다고 말했다.

"우리 딸, 새 남자 친구가 생긴 거야? 그래, 지훈이 같은 녀석은 얼른 잊어버리는 게 좋아."

영양제를 먹는 뱀파이어

뱀파이어들을 만나고 온 그날 밤, 엄마와 아담이 차례로 코를 골자 슬그머니 침대에서 빠져나왔다. 내 방으로 옮겨 간 나는 에코백에서 아까 파스칼이 뱀파이어 강령이라며 건네준 소책자 『망원동 선언』을 꺼냈다. 내용이 너무 궁금해서 잠을 잘 수가 없었다.

본격적으로 첫 장을 펼치기 전에 습관적으로 냉장고를 뒤졌다. 책을 읽기 전에는 항상 무언가를 입에 물어야 했다. 주전부리와 오렌지 주스 병을 꺼내려는데 내가 망원시장에서 뱀파이어 선물용으로 샀던 선지 페트병이 그 옆에 나란히 놓여있었다. 엄마에게 이걸 토마토 주스라고 둘러댔는데 엄마는 진짜로 그렇게 이해했나 보다. 나도 모르게 웃음이 나왔다.

입안에 주스 한 모금을 머금고서 『망원동 선언』의 표지 디자인을 천천히 살펴보는데, 노란색 바탕에 그려진 푸른 사과

나무에서 레몬 향이 시큼하게 느껴졌다. 만날 때마다 레몬 향이 배어 나온 파스칼의 얼굴이 떠올랐다.

첫 장을 넘기니, 파스칼이 쓴 서문이 펼쳐졌다. 그의 글 첫 줄을 읽는 순간부터 온몸에 경련이 일었다.

그의 글은 비장하고 격렬한 느낌을 주었다. 간략하게 글을 발췌하면 이렇다.

얼마 전까지만 해도 우리는 낮에는 차디찬 지하에 몸을 숨기고, 밤이 되어서야 긴 머리카락으로 창백한 얼굴을 가린 채 뾰족한 송곳니를 무기 삼아 인간 중에서도 가장 고통 스러워하는 연약한 이들의 목을 물어뜯어 피를 빨았습니다. 정확히 말하자면, 우리가 지닌 영생불사의 뱀(vam) 균을 자살 직전의 인간들에게 주입해 불멸의 생명을 불어넣었다고 봐야 할 것입니다. 우리는 인간들의 고통스러운 눈빛과 마주 치지 않으려 목덜미를 주로 공격했습니다. 우리의 예리한 송곳니에 목이 뚫리는 순간, 대부분은 찰나의 아픔을 겪었으나 우리처럼 뱀파이어가 되어 더 이상 고통의 삶에서 헤매지 않아도 되었습니다. 물론 사랑하는 자신들의 가족과 친구들과 이별해야 했지만요.

나는 침이 말라서 입에 머금던 주스를 꼴깍 삼켰다. 내가 만약 뱀파이어가 되었다면, 가장 사랑하는 엄마와 생이별을 해야 했을 거라는 생각에 팔과 목에 소름이 돋았다. 나는 심호흡을 한 뒤에 글을 계속 읽었다.

최근 몇 년 사이에 우리 뱀파이어들의 개체 수가 많아지면서 초보들이 저지르는 실수들이 지도부에 자주 보고되었습니다. 인간의 목에 송곳니를 꽂을 땐 동맥의 혈맥을 찾아 정확하고 신속하게 공격을 해야 하는데, 더러 알량한 동정심으로 일을 그르치는 바람에 과녁 대상이 사망하거나 치명적인 상처를 입게 되는 불상사가 많이 발생했습니다. 인간들을 죽이지 않은 채 그들에게서 피만 흡입하는 것은 고난도의 기술을 요구합니다. 하지만 초보들의 경우, 너무 욕심을 부려 한꺼번에 많은 피를 빨아대어 인간의 생명을 앗아가곤 합니다. 인간들의 눈빛과 마주쳐 너무 긴장하는 바람에 얼떨결에 송곳니를 치명적인 급소에 찌르는 경우도 허다합니다. 아무리 피에 굶주렸어도 강심장이 아니고선 연약한 인간의 목에 송곳니를 꽂기란 쉽지 않은 일일 것입니다.

교과서를 읽을 때마다 집중을 못하는 나였지만, 파스칼의 글은 단숨에 읽혔다.

그의 글에는 고뇌에 찬 비장미가 배여 있었다. 너무 긴장한 탓일까? 맥박이 가파르게 뛰었다. 물 한 컵을 마신 뒤 다시 그의 글을 읽기 시작했다.

우리 뱀파이어계에 들어오기 전, 인간계에서 수학자로 활동했던 마태(Mathé)가 작성한 뱀파이어 개체 수에 대한 예측보고서를 소개합니다.

'내년 1월 1일에 최초의 뱀파이어가 있다고 가정해봅시다. 현재 인간들의 수가 68억 명이니 한 달에 한 번 사람의 피를 빨아 마신다더라도, 2월 1일에는 뱀파이어가 2명이고 인구수는 67억 9999만 9999명이 됩니다. 뱀파이어 수는 3월 1일 4명, 4월 1일 8명, 5월 1일에는 16명으로 늘어나게 됩니다. 이렇게 기하급수적으로 증가하여 32개월이 지나면, 뱀파이어 수가 42억 9496만 7296명으로 남아있는 사람 수를 넘게 되고, 33개월이 지나면 인간들은 자취를 감추게 됩니다.'

나는 침을 꿀꺽 삼키고서, 다음 페이지를 넘기기 전에 계산기를 꺼내 수학 시간에 배운 대로, 승 제곱 계산을 수자례

해보았다. 답은 마찬가지였다. 너무나 놀라운 수치여서 가슴이 뛰었다.

하지만 슬프게도 나는 수포자가 된 지 오래였다. 곧장 휴대폰을 들어 유라에게 대뜸 '2의 32승은 얼마냐'고 카톡을 보냈다. 유라는 수학 영재 출신이었고 이 늦은 시간에 아직까지 넷플릭스를 탐닉하고 있을 게 뻔했다. 유라가 바로 답을 보내왔다.

역시 넌 영재야, 진짜 존경한다!

나의 고맙다는 말에 유라는 비아냥조의 코멘트를 곁들였다.

이건 수학도 아냐. 초등학생이면 풀 수 있는 문제야. 근데 뭔 일이래?
아무것도 아냐. 나중에 말해줄게.

나는 다시 파스칼이 쓴 서문의 다음 페이지를 넘겼다. 파스칼의 글은 더욱더 결연한 비장미를 더했다.

푸른 사과의 비밀

우리가 자꾸 인간들을 뱀파이어로 만들면, 머지않아 모든 인간이 뱀파이어가 될 것입니다. 더 이상 인간의 피를 마시지 못한 우리 뱀파이어들은 고통을 견디다 못해 우리 동족끼리 혈투를 벌이든지 또는 피에 굶주린 나머지 생쥐나 박쥐, 야생동물, 그리고 인간의 멸종 탓에 졸지에 버려진 반려견과 반려묘를 잡으러 다녀야 할 비극적 상황을 맞게 될 것입니다.

얼마 전에 TV에 한 과학자가 나와 지난 20여 년 동안 발병한 대표적인 전염병들이 흡혈박쥐 같은 야생동물에서 유래되었다고 말한 게 기억났다. 지금 인간사회가 고통받는 바이러스의 확산이 혹시 박쥐의 피를 마신 뱀파이어가 퍼뜨렸을지도 모른다는 생각이 들었다.

"설마, 파스칼 일행이 아직도 박쥐나 생쥐의 피를 마시진 않겠지…."

나는 계속 파스칼의 글을 읽었다.

200여 년 전, 토머스 맬서스가 인간의 수가 기하급수적으로 늘어나는 데 비해 식량은 산술급수적으로 증가하는 데 그쳐 인위적으로라도 출산율이 높은 아프리카 등 제3세계의

인구를 줄여야 한다고 주장해 서구 중심의 인종주의적 우생
학이라고 비난을 받았지만, 지금이야말로 우리 종족들이 그
의 인구론을 새겨들어야 할 때입니다.

파스칼은 내가 며칠 전에 봤던 영화 〈어벤저스〉 시리즈에
등장하는 악당 타노스의 재림을 꿈꾸는 건 아닐까? 인간을
비롯한 우주 생명체의 절대적 행복을 꿈꾼 타노스는 "우주와
자원은 유한해. 이대로 가면 아무도 못 살아남아!"라고 외치
며, 여러 행성의 수많은 생명체를 직접 죽이는 것도 모자라
단 한 번에 절반을 죽일 방법을 찾았던 악당인데, 파스칼의
계획은 대체 무엇일까?
　침을 삼키다가 사레에 걸려 연이어 기침이 나왔다. 엄마와
아담이 깰까봐 얼른 물잔을 들이키고 심호흡을 했다.
　다시 파스칼의 글을 읽었다.

*　더 늦기 전에 우리는 특단의 조처를 해야 합니다. 우리 종*
족은 250년 전 이곳에 처음 발을 내디딘 이래, 저승보다 더
큰 고통을 겪는 자살직전의 인간에게만 뱀균을 주입해, 적
정 수의 인원을 지켜왔으나 최근 대학입시와 취업난의 과다
한 스트레스로 우울증을 앓는 젊은이들을 상대로 한 마구잡

이식 '구조활동'으로 인해 개체 수가 급격히 늘었습니다. 그동안 극도의 절제력과 공동체 정신 덕분에 20명 선을 유지해온 우리 뱀파이어의 개체 수는 불과 몇 년 사이에 99명으로 늘었습니다. 우리에겐 인간들처럼 서로 죽이는 식의 인구 감소가 아니라, 우리 종족 모두가 서로 절제와 협력을 통해 우리의 개체 수를 줄이는 방안이 필요합니다. 이에 우리 지도부는 긴급하게 '인간과 함께하는 평화공존의 삶' 위원회를 구성하여 우리 동족 모두에게 한 명도 빠짐없이 의견을 묻고, 동의를 구해 다음과 같은 5대 강령을 마련했습니다.

"잔인한 타노스 방식은 아니군."
나는 혼잣말로 중얼거리며 다음 페이지를 넘겼다.

　우리 뱀파이어 동족은 인간과 평화공존을 위해 다음과 같은 5대 강령을 천명하고자 한다.

　- 첫째, 인간은 우리가 함께 살아야 할 친구이며 우리는 절대로 인간의 피를 탐하지 않는다.
　- 둘째, 동물은 우리가 함께 살아야 할 친구이며 우리는 절대로 동물의 피를 탐하지 않는다

- 셋째, 우리는 불에 익히지 않거나 가공되지 않은 육류와 생선류는 먹지 않는다.

- 넷째, 우리는 몸에 부족한 비타민, 단백질, 지방, 철분, 인, 마그네슘 등 영양소를 인간이나 동물의 피가 아닌 영양제에서 섭취하도록 한다.

- 다섯째, 우리는 궁극적으로 비건주의를 지향하며 이를 위해 체질 개선 노력을 하며 청결을 위해 비린내를 없애는 레몬 향을 상시 구비한다.

우리 지도부는 모든 동족에게 오늘 자로 '인간과 평화공존을 위한 5대 강령'의 발효를 천명하는 바이며, 이를 구체적으로 실행하기 위해 실천 규정을 부칙으로 둔다.

– 2016년 9월 30일, 망원정(부록 1편 참조)에서

나는 5대 강령의 내용을 하나씩 읽으면서, 아까 만났던 파스칼과 그 일행이 내가 뱀파이어로 변태되는 걸 왜 그렇게 걱정했는지 짐작할 수 있었다. 그들이 뱀파이어들인데도 왜 비린내가 나지 않은지도 이해되었다.

오늘 내가 엄마의 레몬 향수를 온몸에 뿌린 것처럼 그들

인간과 뱀파이어 간의
평화적 공존을 위한 '망원동 선언' 부록 1편

「망원정은 우리 뱀파이어들의 기쁨과 슬픔, 즐거움과 아픔이 서린 곳이다. 250년 전, 우리 뱀파이어계의 숙주(宿主)라 할 파스칼이 선교사 일행과 먼 뱃길을 헤치고서 한강에서 내린 뒤 이 땅에서 처음 모임을 한 곳이 망원정이었다. 그들은 이곳에 올라 도도히 흐르는 한강의 물결과 아름다운 붉은 석양을 굽어보며 인간과 자연, 이 땅의 모든 것을 사랑하라는 신의 말씀을 실천하려는 의지를 온몸으로 되새겼다.

원래 망원정은 서울시 마포구 합정동에 자리한 정자로, 외국 사신을 위한 연회를 베풀던 곳이었다. 1424년 태종의 둘째 아들 효령대군이 건축했고 이듬해 세종이 농사 형편을 살피러 이곳에 왔다가 새 정자에 올랐을 때 때마침 기다리던 비가 내려온 들판을 흡족하게 적셔, 기쁜 비라는 뜻의 희우정이라는 이름을 붙였다고 한다. 이후 우리 뱀파이어들은 이곳 언저리에서 양반 귀족사회의 변덕과 압제, 배반과 음모를 지켜보면서 진정한 사랑이 왜 필요한지 절실하게 깨달았다.

망원정은 1925년 대홍수 때에 유실되어 우리 뱀파이어들에게 실향의 아픔을 주었지만, 서울시에서 1986년 문헌 고증을 거쳐 원래 위치에서 약간 벗어난 곳에 2층 팔각 기와집 누각을 지어 지금에 이르고 있다. 우리 뱀파이어들이 '인간과 평화 공존을 위한 5대 강령'을 이곳에서 천명한 것은 신이 우리에게 당부한 사랑의 메신저라는 초심을 잃지 않기 위해서다.」

도 레몬 향을 사용하기 때문이었다. 아무래도 뱀파이어의 5대 강령을 외워두어야 할 것 같았다. 지훈이 작년 성탄절 선물로 사준 파우치 필통에 사인펜으로 5대 강령을 꼼꼼히 옮겨 적으며 그 뜻을 음미해 보았다. 그러고 나서 다음 페이지를 조심스럽게 넘겨보니 실천 규정 매뉴얼이 굵은 돋움체로 강조되었다.

눈이 침침해 허리를 꼿꼿하게 펴고 심호흡을 한 뒤에 벽시계를 보니 새벽 2시였다.

다시 머리를 숙여 『'인간과 평화공존을 위한 5대 강령'의 실천 매뉴얼』을 읽으려는데, 엄마가 안방 문을 열고 나오면서 한마디 했다.

"민주야, 너무 열심히 공부하는 거 아니니? 시험 때도 아닌데, 뭔 일이 있는 거니? 내일 지각하지 말고 얼른 자라!"

엄마의 말에 피식 웃음이 나왔다. 화장실에 소변을 보고 나온 엄마는 아무래도 내가 대견스러운지 냉장고에서 뭘 꺼내려 했다.

"민주야, 아까 네가 가져온 토마토 주스 한잔하고 공부하렴!"

나는 깜짝 놀라 손사래를 치면서 극구 말렸다.

"엄마, 지금 오렌지 주스를 마시는 중이야. 그거 꺼내지

마. 이제 곧 잘 건데…."

엄마는 나를 보며 고개를 갸웃거렸다.

"진짜 독하게 마음 먹었구나. 먹을 거라면 사족을 못 쓰는 애가…."

아침에 엄마가 냉장고에서 페트병 속의 소 피를 토마토 주스로 오해하고 한 잔 따라 마실 것 같아, 얼른 선지 페트병을 꺼냈다. 페트병 속의 피를 이리저리 흔들어 보면서 병뚜껑 부분을 송곳니로 살짝 물어보고 냄새를 맡았다. 나의 들창코에 역겨운 비린내가 느껴졌다.

냉장고에서 엄마가 만들어놓은 레몬 청을 꺼내, 한 숟갈 떠서 입에 넣었다. 비린내가 조금 사라진 것 같았다. 나는 냄새를 피해 얼굴을 돌린 채 페트병 뚜껑을 따서 내용물을 화장실 변기에 쏟아부었다.

두 번 다시 비린내 나는 선지를 먹을 일은 없을 것 같았다.

다시 자리에 앉아, 아까 읽다 만 『'인간과 평화공존을 위한 5대 강령'의 실천 매뉴얼』을 입속으로 독음하면서 읽었다. 한 번 만에 기억하기 위해서다.

실천 매뉴얼은 강령을 어기는 뱀파이어들과 강령을 지키는 뱀파이어들에게 벌과 상을 엄격히 규정하였다. 강령을 지키지 않는 뱀파이어에 대해선 지위고하를 마론하고 누구든지 펜치로 두 송곳니를 빼며, 특히 강령 1번을 어길 경우에는 송곳니 뿐 아니라 모든 이를 뽑는다. 그러니까 이는 뱀파이어들이 인간과는 떼려야 뗄 수 없는 평화적 공존관계라는 점을 명시적으로 선언한 셈이었다. 반면에 강령을 지키는 뱀파이어들에겐 향긋한 레몬 향이 나는 하트방울을 매단 황금 목걸이를 제공해 신체의 고질적인 비린내를 없애도록 하고, 비타민, 단백질, 지방, 마그네슘, 칼슘과 인 등 영양제를 매달 제공하여 건강한 신체를 유지할 수 있도록 지원한다는 내용이 덧붙여졌다.

새벽 3시쯤에야 강령 매뉴얼을 대충 다 읽을 수 있었다. '망원동 강령' 부록 편에는 인간사회를 이해할 수 있도록 인간들의 역사와 삶의 양식, 가치관과 예절법, 음식 요리법, 그리고 취미활동 등이 빼곡히 담겨있으나 인간인 나로서는 별로 새로운 내용이 없어 상당 부분 제대로 읽지 않고 그냥 넘어갔다. 부록 편에서 나의 호기심을 자극한 것은 뱀파이어 역사에 관한 내용이었다. 나중에 꼼꼼히 읽을 생각으로 흥미로운 대목에 책갈피를 끼워 넣었다.

하지만 뱀파이어들이 인간의 삶 중에 가장 중요한 남녀 간의 사랑 방식을 전혀 언급하지 않은 사실이 이상했다. 어쩌면 뱀파이어들은 남녀의 사랑을 모르는 게 아닐까? 경험이 없으면 모를 수도 있겠지.

나도 이제 18금에 관심을 가질 수도 있고, 그 궁금증을 풀 수 있는 성인이나 다름없다. 얼마 전, 열여덟 번째 생일이 지났으니 말이다.

잠자리에 들기 전 세면대에서 이를 닦은 뒤 큰 거울 앞에서 손가락을 입에 넣어 송곳니를 만지고 흔들어 보았다. 뱀파이어가 빨리 되고 싶은 마음에 너무 많이 만진 탓에 송곳니가 조금 삐져나온 것 같았다.

'그러니까 내 송곳니가 돋아나면, 펜치로 뺀다는 거지.'

갑자기 섬뜩한 생각이 들어, 얼른 이불에 들어가 아담을 살짝 밀치고, 엄마의 가슴 속을 파고들었다. 어렸을 적에 아빠의 손을 잡고서 오른 인왕산 기슭의 거대한 이빨 바위 앞에서 아빠가 들려준 전설이 떠올랐다. 옛사람들은 아이들이 썩은 치아를 빼 바위 두 개가 가지런하게 놓인 이빨 바위의 틈새에 집어 던지면, 그 안의 신령이 새 치아로 바꿔서 준다는 얘기였다. 부모의 말을 잘 듣는 아이에게는 곧은 치아를, 말썽꾸러기에게는 뻐드렁니를 준다는 아빠의 말에 한동안 착한 어린이처럼 행동했던 게 떠올랐다. 하지만 몇 살에 내 송곳니를 갈았는지 기억이 나지 않았다.

'이번에 송곳니를 빼면 멋진 송곳니가 새로 나야 할 텐

데…. 송곳니를 빼면 그걸 가지고 아담이랑 인왕산에 올라가 봐야겠어.'

잠결이지만, 엄마는 파고드는 나를 반사적으로 꼭 안아주며, 내 엉덩이를 다독거려 주었다. 엄마의 품 안에서 나는 파스칼에게서 받은 목걸이의 하트 방울을 만지작거리며 망원동 선언에 대한 궁금증을 떠올려 봤다. '뱀파이어들이 왜 망원정에 모여 선언을 한 거지? 망원정이라는 곳에도 가 봐야겠군.'

잠시 후 눈꺼풀이 무거워졌다. 나는 이내 잠에 곯아떨어졌다.

촉촉한 느낌이 들어 눈을 떠 보니, 아담이 내 가슴을 계속 핥고 있었다. "요 엉큼한 녀석" 하며 아담을 떼어놓고 보니 녀석이 혀와 이를 들이댄 것은 내 목에 걸린 목걸이의 하트 방울이었다.

나는 어젯밤의 기이한 모임을 생각하며 파스칼이 내 목에 걸어준 하트 방울을 코에 가까이 대고 레몬 향을 맡았다. 창문 커튼 사이로 들어온 햇볕 때문에 눈이 부셨다.

목이 말라서 정수기 물을 받아 마시는데, 테이블 위에 토마토 샐러드와 크루아상, 삶은 달걀 두 개가 있었고 그 옆에 엄마의 메모가 놓여 있었다.

> 레몬 청을 쏟았나? 온 방 안에 레몬 향이 난다.
> 엄마 일 하고올게 오늘은 황사가 심하니까
> 밖에 나가지 말고 집에서 청소도 하고, 시험공부 좀 하렴.

엄마는 내게 할 말이 있을 땐 항상 메모를 남겼다. 휴대폰 문자가 훨씬 편하겠지만 아무래도 엄마 세대에겐 이질감이 느껴지기 때문인 듯했다. 나는 달력을 넘기면서 얼마 남지 않은 중간고사를 생각하기보다는 다음 주에 있을 파스칼 일행과의 만남을 더 떠올렸다. 그래도 이번 중간고사가 3학년에 올라와서 치르는 첫 시험인 만큼 내심 걱정되었다. 솔직히 말해 좋은 성적을 거두어 지훈을 놀라게 해주고 엄마를 기쁘게 해주고 싶었다.

그런데 어떻게? 공부를 잘하려면 의자에 오래 앉을 엉덩이의 무게와 인내심, 집중력을 갖고서 고독의 지난한 역경을 거쳐야 하지만, 근본적으로 나는 공부하기에 부적격하다는 생각이 들었다. 그럼에도 나는 엄마의 희망대로 후다닥 밥을 먹고 청소를 한 뒤에 책상에 반듯이 앉아 영어책을 펼쳤다. 수학은 일찌감치 수포자로 돌아선 지 오래고, 영어는 나중에 엄마랑 해외여행을 가서 예약이나 쇼핑이라도 하려면 공부를 좀 해 두어야겠다는 생각이 들었다.

영어 교과서를 펼치고서 단어를 외우고 영어 해석을 하는데 어제 만난 파스칼과 셀린, 니콜라, 루주와 블랑의 서구적 외모와 영어식 한국어 발음이 자꾸 떠올랐다.

'살아있는 영어공부를 하려면 그들과 자주 만나야겠군.'

2시간 넘게 공부에 집중한 것은 3학년 올라와 처음 있는 일이었다. 어쩌면 고등학생이 된 이후 처음인 듯했다. 커튼 사이로 비친 햇살에 일광욕을 즐기던 아담이 좀 무료한지 기지개를 길게 켜고선 꼬리를 살랑살랑 흔들며 내 뒤꿈치를 물어뜯었다. 공부하는 척은 그 정도만 하고, 산책이나 하러 가자는 의사표시인 듯했다.

아담에게 노란 옷을 껴입힌 후 밖으로 나갔다. 녀석의 4번

푸른 사과의 비밀

째 생일을 기념하여 2만원이나 들인 옷이었다. 아담을 앞세우고서, 나답지 않게 영어 단어를 외우면서 걷다 보니 어느덧 파리공원에까지 왔다. 여기에 올 때마다 느끼는 거지만, 전혀 파리 같지 않은 곳인데 왜 파리공원이라는 이름을 붙였는지 궁금했다. 얼마 전에는 이곳 벤치에 앉아 담배를 피우다가 유모차를 끌던 아이 엄마에게서 "어린 여자애가 버릇없이 담배 피우느냐"며 핀잔을 들었고, 내가 그 말을 못 들은 척하자, 또 다른 중년 아저씨는 "이곳은 금연 구역"이라면서 경찰에 신고할 것처럼 휴대폰을 만지작거렸다.

파리 시내 공원에서도 이렇게 자유를 억압하는지 궁금했다. 이다음에 파리에 가게 되면 시내 공원에서 꼭 담배를 한 개비 피워 확인해보고 싶어졌다. 아마도 전혀 그렇지 않으리라.

어느덧 거리에는 흐드러지게 피었던 벚꽃과 개나리꽃이 처연하게 떨어져 나뒹굴고, 나무줄기에는 새싹들이 파릇파릇 돋아났다. 나무에 돋은 새싹을 보다가, 나도 모르게 나의 송곳니 상태가 궁금해졌다. 주위를 살피며 아무도 없는 벤치에 앉았다. 습관적으로 담배 한 개비를 입에 물다가, 얼마 전에 공원 내 흡연으로 신고를 당한 불미스러운 일이 떠올라 다시 주머니에 꽂아 넣었다. 대신 손가락을 입에 넣어 송곳니를 흔들어 보았다. 휴대폰 거울로 살펴보니 파릇하게 살짝 돋은 새싹처럼 송곳니들이 불그스레한 잇몸을 허물고 슬그머니 더 커진 게 보였다.

'아, 이거 큰일이네. 내 송곳니들이 길어지면 파스칼이 펜치로 뽑아버린다고 했는데….'

뱀파이어가 되고 싶었지만 펜치로 송곳니를 뽑고 싶진 않았다. 아빠가 아담의 집을 지으며 펜치로 못을 빼고 철사를 자르던 일이 떠올라 갑자기 입 관절에서 깨질 듯한 아픔을 느꼈다. 순간적으로 뱀파이어고 뭐고 간에 그만두고 싶다는 생각이 들었다. 제발 송곳니가 더 길어지지 않길 바라면서 엄지손가락으로 송곳니를 잇몸에 꾹 눌렀다. 그럴수록 송곳니는 위로 더 솟아오르는 듯했다.

뱀파이어가 되어 나를 배신한 지훈의 목을 물어뜯고, 내게서 지훈을 빼앗아간 주현의 목에도 송곳니를 꽂아 모두 뱀파이어로 만들어야겠다는 생각을 더는 하지 않기로 했다.

설사 내가 뱀파이어가 된다 하더라도 파스칼 일행이 나의 송곳니와 치아들을 모두 뽑아버리면 어느 누구에게도 목을 공격하기가 쉽지 않을 것이라는 생각이 들었다.

저녁이 가까워지자 서늘한 바람이 불었다. 아담이 끙끙대어 자리를 털고 일어나려는데, 멀지 않은 곳에서 은은한 레몬 향이 바람을 타고 내 코와 아담의 코를 자극했다.

아담은 주위에 인기척이 없는데도 허공에 대고 짖기 시작했고, 나는 녀석을 꼭 안은 채 엄지와 검지로 집게처럼 녀석의 입을 꼭 눌러서 억지로 조용히 시켰다.

몇 걸음을 옮기자 레몬 향이 더 진하게 느껴지면서 누군가 내 앞을 막았다. 파스칼이었다.

그는 나를 보더니 마치 내 고민을 알겠다는 듯이 피식 웃었다.

"송곳니를 한 번 보자."

가타부타 인사도 없이 파스칼은 내 코앞으로 바짝 다가왔다. 얼떨결에 입을 벌려 송곳니를 보여주자, 파스칼은 짐짓 심각한 표정이 되어 내 치아를 자세히 살폈다. 손가락으로 내 잇몸을 꾹꾹 누르기까지 했다. 찌릿한 고통에 얼굴을 찌푸리자 파스칼은 생각이 많은 듯 복잡한 표정을 했다. 하지만 그의 고뇌는 순식간에 감춰졌다. 파스칼은 노련하게 여유로운 미소를 지으며 얘기했다.

"우리 동족의 환영식을 해주어야겠군! 미리 축하해."

"제가 뱀파이어가 된 거에요? 그래요?"

"확답할 순 없지만, 송곳니가 드러나고 있는 걸 보면 뱀파이어화가 진행되고 있다고 봐야겠지."

나는 이때다 싶어 내 바람을 말했다.

"아무래도 다시 한 번 뱀균 검사를 해봐야겠어요."

파스칼은 고개를 저으며 말했다.

"진단기가 항상 정확한 건 아니야. 또 어차피 송곳니가 드러나고 잇몸에 붉은 기가 도드라졌다면 진단 결과에 상관없이 조치를 취하는 게 원칙이야. 조금이라도 늦으면, 어떤 참사가 일어날지 모르니까…"

파스칼이 에둘러 말했지만 그 조치라는 게 무엇을 의미하는지는 뻔했다. 파스칼은 조금 어두워진 내 표정을 보곤 애써 분위기를 띄우려고 했다.

"네가 우리 일족이 된다니 기쁘다."

"저는 별로 기쁘지 않아요."

"왜 그럴까?"

"펜치로 송곳니를 모두 빼야 하잖아요."

"고통스러울까 봐?"

"많이 아플 것 같아요. 펜치는 대못을 빼는 연장이잖아요."

"하긴, 나도 많이 아팠어. 모두가 그런 아픔을 겪었지."

"뱀파이어가 되더라도 좋을 게 하나도 없잖아요. 다른 나쁜 애들을 깨물 수도 없고…."

"송곳니가 더 커지면 누굴 물려고 했는데?"

"저를 버린 남친과 제 남친을 뺏어 간 그 나쁜 녀석이요."

"흥미롭군. 남녀 간의 삼각관계나 치정 관계는 늘 재미있지."

"흥미로워요? 사랑이라는 걸 해보긴 했어요?"

"그럼, 당연하지. 죽도록 사랑한 적이 있었지. 시간이 지나면 너의 마음도 바뀔 거란다. 지금은 남자 친구를 증오하겠지만, 나중에는 용서하고 이해할 날이 오겠지."

"남친이 여자도 아닌 다른 남자를 사랑한다면서 저를 버렸는데, 어떻게 이해한다는 거죠?"

"글쎄…."

나는 나의 저돌적인 질문에 파스칼이 당황스러워하는 걸 보면서 더 질문하고 싶었지만, 그의 난처한 처지를 생각해 화제를 돌렸다.

"근데 여긴 웬일이세요? 저를 계속 스토킹했어요?"

"너의 몸 상태를 확인하려고 왔어. 그리고 네가 레몬 향이 나는 하트 방울을 목에 두른 이상, 어디서든 너를 찾을 수 있어. 너도 마찬가지일 거야."

"제 송곳니를 펜치로 모두 뽑을 거예요?"

"아니야! 펜치가 무서우면 치과에 가서 송곳니를 뽑고 치료받아."

"아, 그래도 돼요?"

파스칼은 겁을 먹은 내 얼굴을 천천히 들여다보면서 고개를 끄덕였다.

"원칙상 지도부가 모두 지켜보는 가운데 인간계에서 치과의사를 지낸 이가 펜치를 들어야 하지만, 이곳에서는 치과의사 출신이 없는 까닭에 모두가 돌아가면서 그 일을 맡고 있지. 하지만 몇 년간 이 뽑은 적이 없어서 걱정이야. 네 송곳니를 뽑다가 잇몸을 다치게 할 수도 있고…."

"무서워요. 그냥 치과에 갈래요."

그는 짐짓 명령조로 말했다.

"내일 긴급 비상회의에 잠시 들러 인사를 하고 가는 게 좋을 것 같아. 치과에 가서 꼭 송곳니를 뽑길 바라. 그래야 펜치를 피할 수 있으니까."

"그런데 시간을 낼 수가 없어요. 곧 시험을 보는데 성적을 올려야 해요. 1, 2학년 때 성적이 좋지 않아서 지금이라도 정신 차려서 공부해야 한단 말이에요."

"우리가 도와줄게. 시험은 걱정하지 마."

내가 시험 보는데 이 아저씨가 도대체 뭘 도와줄 수 있는지, 어이가 없어 웃음이 나왔다.

푸른 사과의 비밀

"교무실에서 시험지라도 빼돌리려고요? 그러다 큰일 나요. 그런 불법은 원치 않아요."

그는 내 말에 피식 웃었다.

"나중에 알게 될 거야. 내일 저녁 7시에 만나. 안 오면 송곳니뿐 아니라 나머지 치아도 모두 펜치로 뽑게 할 거야."

더 이상 흡혈은 안돼!

다음날 오전 수업이 끝나자마자 학교와 집 사이에 있는 동네 치과에 들러 흔들거리는 송곳니 두 개를 뺐다. 의사 선생님은 내 잇몸의 허약한 상태를 보며 고개를 갸웃거렸다.

"누구한테 얻어맞은 거니? 어디서 맞고 다닐 찌질이 같진 않은데…. 치아를 받쳐 주는 잇몸이 허물어져 송곳니를 모두 빼야겠구나."

나는 잔뜩 겁을 먹었지만, 의사 선생님의 마취 주사 덕에 송곳니를 빼는 데 아무런 고통을 느낄 수 없었다. 송곳니를 뽑고 나니 오후에 파스칼 아지트로 향하는 내 발걸음이 한층 가벼워졌다. 파스칼은 긴급 비상회의 참석자들에게 나를 소개했다.

"여기, 숙녀 한 분을 우리 모임의 새로운 멤버로 받아들이고자 합니다. 이름은 강민주입니다. 2주 전 양화대교 중간지점에서 갑자기 뛰어내리는 바람에 내가 전력을 다해 구하면서 그만 실수로 이 숙녀분의 목에 작은 상처를 냈습니다. 상처가 내 손가락에 긁힌 자국인지, 나의 송곳니에 닿은 자국인지 확신이 가지 않아 그동안 이 숙녀분의 증상을 지켜봤습니다. 안타깝게도 이 숙녀분이 투신한 자리는 그 흔한 CCTV도 하나 없는 감시의 사각지대였습니다. 5년 전 망원동 선언이후, 여러분도 아시다시피 나도 여러분처럼 송곳니와 모든치아를 뽑았습니다. 그런데도 이 아이의 송곳니가 살짝 돋아나 조금 걱정스러웠습니다. 이 숙녀분은 여기에 오기 전 스스로 치과에 들러 송곳니를 모두 뽑았습니다. 니콜라가 펜치를 들 수고를 덜어준 셈이죠. 자, 민주 동지! 입을 힘껏 벌려잇몸을 보여 주세요!"

두려움 반, 기대감 반으로, 나는 떨면서 입을 크게 벌려 송곳니들이 뽑힌 잇몸을 보여주었다. 시술 부위의 상처에 아직 핏물이 고인 탓에 참석자들이 저마다 "아!"하는 탄식을 했다.

이어 파스칼은 심각한 표정을 지으며 참석자들을 둘러보았다.

"이제, 오늘 긴급하게 소집한 비상회의의 안건을 말씀드리고자 합니다. 우리는 5년 전 망원동 선언을 통해 다시는 인간과 동물의 피를 탐하지 않고, 육류섭취의 자제를 권고했지만, 몇몇 뱀파이어들은 몸에 필요한 영양분을 영양제와 채소의 섭취로만 충족할 수 없어 은밀하게 인간과 동물의 피를 빨고, 육류를 즐겨 먹는다는 소문이 나돌고 있습니다. 이게 사실이라면, 우리가 약속한 인간과의 평화공존의 근간을 뒤엎는 것으로서 보통 심각한 일이 아닐 수 없습니다. 아직 어디까지가 진실인지 알 수는 없습니다. 소문의 진상을 파악해서 만일에 그게 사실이라면 관련자들에 대한 엄중한 처벌이 필요할 것입니다."

놀라운 소문 탓에 참석자들 사이에 침묵이 잠시 흘렀다.

파스칼의 건너편에 앉은 블랑❖이 단단히 벼른 듯 거침없이 말을 꺼냈다.

"세상에는 법칙과 원칙이 바뀌지 말란 법이 없습니다. 지금은 5년 전에 우리가 인간과의 평화공존을 도모하기 위해 낭만주의적 휴머니즘에 입각해 망원동 선언문을 작성했던 상황과는 다릅니다. 일시적이나마 인간의 피는 아니더라도

❖ 취업에 101번째 떨어진 뒤 극심한 스트레스를 받아 강물에 투신했으나, 파스칼에 의해 구조됐다.

동물의 피 흡입과 육류섭취를 허락해주셔야 합니다. 파스칼, 여기 루주 동지와 저의 얼굴을 가까이 살펴보십시오."

그는 루주에게 마스크를 벗게 하고, 자신이 착용하던 마스크도 벗어 던졌다. 모두가 둘의 얼굴을 바라보고서 깜짝 놀랐다.

블랑은 비통한 표정으로 말을 이었다.

"불행하게도 최근 몇 개월 사이에, 우리 둘은 선천성 적혈구 조혈성 환자처럼 얼굴이 창백하고 잇몸이 줄어들어 송곳니가 돋아난 듯 길어져 보이고, 자외선 불빛 아래에선 치아들이 강한 푸른 형광을 띠는 증상을 앓아왔습니다."

참석자들은 대부분 블랑과 루주의 얼굴에 충격을 받은 듯 깊이 탄식했지만, 일부 참석자들은 이들의 끔찍한 모습에 마스크를 꺼내 착용했다.

이에 블랑은 한심하다는 표정을 지으며 말을 계속했다.

"어쩌면 여러분 가운데 말씀은 안 하시지만 저와 유사한 초기 증상을 겪는 분들이 계실 것으로 미뤄 짐작합니다. 더이상 숨길 필요가 없습니다. 지도부는 저희의 증상에 대한 사태의 심각성을 받아들여, 대책을 강구해야 할 것입니다."

파스칼은 묵묵히 듣고 있다가 참석자들을 둘러보며 말했다.

"우리가 애써 합의한 망원동 강령의 대의를 저버릴 수는 없습니다. 우리가 모두 머리를 맞대면 해결책은 분명 나올 것입니다."

사실 파스칼은 최근 루주와 블랑의 취약한 건강 상태를 알게 되어 내심 걱정하던 차였다고 말했다. 그는 조용히 눈을 감은 채 이 사태의 해결책을 고민하는 듯 했다. 당장에 떠오르는 아이디어가 없는 듯, 그가 고개를 저었다.

인간계에서 약사 생활을 잠깐 지낸 뤼넷❖가 끼어들었다.

"흔히 우리 뱀파이어가 인간보다 더 강인할 것이라고 여겨지지만 꼭 그렇지만은 않습니다. 신체적인 결함은 우리 뱀파이어에 더 많습니다. 우리의 신체적 결함을 꼭 빼닮은 이른바 포르피린증(부록 12편 참조)에 걸린 인간들이 스칸디나비아반도에 살고 있지만 우리의 선조는 아니라고 생각합니다. 일부 인류학자들은 우리와 그들의 유사점을 들어 한 뿌리라고 주장하기도 합니다만, 근원적으로 뱀파이어계와 인간계의 DNA가 서로 달라서 같은 동족이라 말하기는 곤란

❖ 약사로 일하던 중 신경불안으로 고통받는 청년에게 처방전 없이 신경안정제와 수면제를 주었다가 이 청년이 약물 과다 복용으로 죽자 극심한 죄책감에 시달리다가 강물에 뛰어내려 자살을 시도했으나 한강 일대를 순찰중인 니콜라에 의해 구조됐다.

합니다."

그는 참석자들이 모두 귀를 기울이는 모습을 보고 흥이
난 것 같았다. 누가 발언권을 주지도 않았는데도 그의 학술
적인 발언은 계속 이어졌다.

루주와 블랑은 뤼넷트의 "저기 두 분처럼"이라는 발언으
로 자신들을 바라보는 참석자들의 시선에 몹시 불편한 표정
을 지었다. 이를 알아챈 뤼넷트가 미안해하며 머쓱한 표정을
짓자, 인간계에서 병리학을 전공한 프리제♣가 그의 말을 이
었다.

"이 병의 증상은 우리의 특성과 흡사한 까닭에 환자들이
종종 뱀파이어로 오인당하기도 합니다. 놀랍게도 인간들은
이 병에 대한 치료제를 개발했습니다. 더욱더 놀라운 것은
이 치료약들이 이미 인간화된 우리 뱀파이어에게도 뛰어난
효험을 보인다는 점입니다. 그 덕분에 우리는 증상별로 적절
한 약을 먹게 되었습니다. 과거엔 무작정 야만스럽게 사람의
목을 송곳니로 뚫어 철철 흐르는 피를 마셨는데 말입니다.

♣ 의대에서 병리학을 전공한 뒤, 국립과학수사연구원에서 부검의로 일하던 중 자신이
짝사랑했던 여배우가 죽어 그녀의 시신을 부검했다. 흉복부를 가르고 심장, 폐, 간,
비장, 위, 췌장을 적출해 어렵게 사인을 밝혀냈으나 아름다운 그녀의 몸에 칼을 댔다
는 죄책감에 억눌려서 결국 자살을 시도했다가 파스칼이 구조하여 뱀파이어로 변태
시켰다.

사실 우리 뱀파이어의 증상과 포르피린 환자의 가장 큰 차이는 우리가 인간의 피를 마심으로써, 또 약을 먹음으로써 우리의 결핍을 채우는데 반해, 포르피린 환자들은 오로지 약에만 의존하거나 고통을 감수하며 살아야 한다는 거지요. 왜냐하면 그들은 인간이니까요. 또 한 가지, 우리는 마치 코로나 바이러스처럼 다른 인간을 전염시키며 기하급수적으로 뱀파이어를 증가시킬 수 있지만 포르피린증은 전염성이 없다는 것입니다. 우리 중 몇몇이 포르피린증세를 앓고 있다는 건 뱀파이어의 인간화가 어느 정도 진행되었기 때문일 것입니다. 더 이상 인간과 동물의 피를 흡입하지 않는 우리 뱀파이어들에게 포르피린 증세를 치유하는 약들이 꼭 필요합니다."

프리제는 조금 호흡을 가다듬은 뒤, 강한 부정 접속사를 내뱉었다.

"하지만!"

참석자들의 이목이 그의 입에 쏠리자 그는 말을 계속했다.

"일부 불순세력이 의도적으로 포르피린증 치료제를 싹쓸이하는 정황이 포착되었습니다. 영양 상태가 좋지 못한 저소득층 환자들이 구입하는 항구토제와 진통제, 빈혈치료제, 고지혈 완화제가 주로 포르피린증 환자들의 치료보완제로도 쓰이는데 최근 들어 공급이 원활하지 못합니다. 그런데 기이한 사실이 하나 포착되었습니다. 그러잖아도 코카인이나 모르핀 같은 환각제, 비아그라 같은 성적 흥분제가 많이 소비되는 강 너머 지역에서 포르피린증 치료제를 모두 쓸어 가다시피 해 그 이유가 궁금합니다. 이런 상태가 계속되면 저기 두 분처럼 얼굴이 창백하고 잇몸이 쪼그라지며 송곳니가 돋아 보이는 뱀파이어들이 늘 것입니다. 대체 어떤 세력이 이런 짓을 벌일까요?"

"슈타인(Stein) 박사는 어떻게 생각해요?"

눈을 지그시 감고 있던 검은 선글라스는 파스칼의 호명을 기다렸다는 듯 말했다.

"인간계 국가정보원에서 1급 프로파일러로 일한 경험을 살려 가장 은밀하고 가장 신속하게 조사하겠습니다."

나는 그의 이름이 슈타인이고, 아인슈타인처럼 공부를 많이 한 느낌을 주어 왠지 믿음이 갔다. 슈타인은 무표정한 표정으로 말을 이었다.

"이건 좀 다른 얘기인데, 요즘 강 너머 지역의 분위기가 심상치 않습니다. 확실한 것은 아니지만 매월 보름 전후에 이 지역 젊은이들이 사람과 동물의 피를 얼굴에 바르는 파티를 언디고 합니다. 마치 드라큘라 시대에 과거 즐겼던 '피

인간과 뱀파이어 간의
평화적 공존을 위한 '망원동 선언' 부록 12편

「파스칼이 건네준 망원동 선언의 부칙을 보면 이런 내용이 나온다. 「햇볕이 별로 없는 음습한 스칸디나비아반도 지역에 거주하는 인간 중에는 햇볕을 조금만 쬐어도 광과민증을 나타내는 이들이 있다. 어둠 속에서 오래 살다 보면 햄이 충분히 합성되지 못해 빈혈을 일으키곤 한다. 19세기 중순, 독일의 병리학자인 펠릭스 호폐-세일러는 이런 증상을 포르피린증이라고 불렀다.

포르피린증 환자들은 간에 철이 침착되어 간경화 등 간 기능에 이상이 발생하고, 복통, 구토, 메스꺼움 등을 호소한다. 또한 빈혈이 심해서 피부가 창백해지고, 잇몸이 쪼그라들어서 이빨이 가늘고 길어져 보이기도 한다. 가장 특징적인 증상으로는 대소변에 피가 보라색이 비치고, 우울증, 불안 증상, 환각, 경련 발작 등 정신 증상이 동반되기도 한다. 초기에는 광과민성 피부염이나 용혈성 빈혈, 치아의 적화(赤化) 등의 증상이 나타나고, 적혈구에선 혈색소의 이상현상이 생긴다.

우리 뱀파이어들이 비록 인간화되었을지라도 너무 어두운 습지에만 오래 머물면 포르피린증과 유사한 증상을 보일 수 있다. 특히 영양을 충분히 섭취 못하거나, 오염된 인간이나 동물의 피를 흡입할 경우에 유사 포르피린증에 걸릴 수 있다. 뱀파이어들은 건강만 잘 유지하면 몇백 년, 아니 영생을 누릴 수 있는데도 말이다.」

의 카니발'을 연상케 하지만, 다른 점이 있다면 이들은 코카
인과 마약을 마시며 난교파티까지 벌인다고 하더군요. 공교
롭게도 매월 같은 시기에 젊은 인간들이 괴한의 공격으로 피
를 흘리고 강아지와 고양이들이 피투성이로 발견되고 있지
만, 인간계에서는 도무지 그 실마리를 찾을 수 없다고 합니
다. 이들의 이름이 '공정과 정의'라는 말이 있는데 이마저도
소문일 뿐입니다."

인간계에서 교장을 지낸 쇼브는 슈타인의 정보 보고가 마
음에 들지 않는 듯, "미확인된 소문 수준의 싸구려 첩보가 자
칫 인간계 젊은이들에 대한 부정적 인식을 확산하고 뱀파이
어계의 평화를 어지럽힐 수 있다"며 "확실한 정보만 말해 달
라"고 지적했다. 슈타인은 쇼브를 쏘아보고, 쇼브 역시 지지
않으려는 표정을 짓자 파스칼이 나섰다.

"두 분 모두 진정하시고요. 우리 뱀파이어계에 심각한 사
태가 벌어지기 전에 어떤 대비책을 마련해야 할지에 집중해
주시면 좋겠습니다."

그는 이어 낮은 중저음의 진지한 톤으로 장발의 머리카락
을 왼쪽으로 쓸어 넘기면서 참석자들을 바라보았다.

"5년 전을 되돌아봅시다. 홍대입구, 연남동, 망원동, 서교

동, 상수동 일대는 당시에 젊은이들의 핫 플레이스로 떠올랐고, 특히 홍대 클럽이 환락의 카니발로 각광받으면서 다양한 국적의 마약쟁이들, 알코올 중독자들이 이곳에 몰려들었습니다. 세상엔 꼭 하지 말라는 짓만 골라서 하는 어리석은 이들이 있습니다. 극히 일부이긴 하지만 우리 뱀파이어들 중에 일부가 몸을 가누지 못하는 이들의 목에 송곳니를 대고, 더러운 피를 마시는 바람에 오히려 더 건강을 해치며 불치의 병에 걸리기도 했습니다. 기억나십니까? 피가 썩어가는 탓에 얼굴이 시커멓게 변하고 피부에 염증이 생기고 발가락과 손가락이 떨어져 나간 우리의 형제들을 말입니다. 이에 우리는 단호한 결정을 내려야 했습니다. 우리는 점차 증가하는 개체수를 줄이고, 우리 자신의 건강을 위해 인간과의 평화적 공존을 위한 이른바 '망원동 선언'을 천명했습니다. 그 후 우리는 인간의 피와 동물의 피를 마시는 이들을 단호히 문책하고 피 대신 영양제를 흡입하기 시작했습니다. 궁극적으로는 비건주의를 지향하며 제러미 리프킨이 제안한 '육식의 종말'❖

❖ 제러미 리프킨에 따르면 현대문명의 위기를 초래한 원인 가운데 하나는 육식이다. 지구상에 존재하는 12억 8,000마리의 소들이 전 세계 토지의 24%를 차지하고 있으며, 미국의 경우 곡물의 70%를 소를 비롯한 가축이 먹어 치운다는 얘기다. 굶주리고 있는 인간 수억 명을 먹여 살릴 수 있는 양이다. 뱀파이어들의 비건주의 선언은 인간계의 문명사적 위기를 공감하는 행위라 할 수 있다.

을 실천했습니다."

파스칼은 조금 흥분된 목소리로 말했다.

"'망원동 선언' 이후 우리 지도부는 뱀파이어들이 상처 많
은 영혼을 구원한다는 명분으로 더 이상 인간의 피를 빨지
않아도 될 만큼의 적절한 영양제를 공급하기 위해 노력했습
니다. 인간들이 피를 맑고 건강하기 위해 먹는 영양제와 약
이 그렇게 다양한 줄 몰랐습니다. 오메가3, 프로폴리스, 비타
민, 마그네슘, 철분제, 빈혈치료제 등… 영양제 공급을 책임
진 조달팀은 합정역 메세나폴리스 지하의 홈플러스에서 불
이 꺼지고 직원들이 퇴근하면, 몰래 들어가서 다양한 영양제
를 훔치다가 양화대교를 지나면 홈플러스보다 훨씬 큰 코스
트코라는 창고형 대형할인점에서 양키들이 주로 먹는 영양
제들을 대량으로 가져왔습니다."

파스칼은 잠시 기억을 되살리려 머리를 좌우로 흔들었고
그래도 기억이 나지 않자, 참석자들을 향해 "그때 조달팀장
이 누구였죠?"라고 물었다.

"네. 바로 저였습니다!"

파스칼 곁에서 잠자코 앉아있던 니콜라가 손을 들어 말했
다.

니콜라는 마치 전쟁터에서 승리한 장수처럼 자신만만한

표정을 지으며 과거를 회상했다.

"그때가 아마 12월 4주 차 일요일이었을 것입니다. 크리스마스 트리가 반짝반짝 우리 일행을 환영했고, 매장에는 없는 게 없었습니다. 첫날 방문에서 우리는 1년을 먹어도 충분할 만큼의 영양제를 가져갔습니다. 개인적으로는 저는 갈수록 눈이 침침해지고 머리카락이 빠지는 탓에 루테인과 오메가3를 집중적으로 챙겼습니다. 인간들의 영양제를 먹고 나서도 과거 인간의 피를 흡입했을 때처럼 우리의 혈색과 피부는 훨씬 더 좋아졌고 더 매끈해졌습니다. 인간의 목을 물어서 송곳니를 꽂았을 땐, 가끔 성병 환자, 당뇨 환자, 마약쟁이들의 더러운 피를 마시게 되어 찝찝했는데 인간의 영양제를 먹고 나선 그런 걱정을 할 필요가 없어지게 된 거죠."

블랑은 창백한 얼굴로 긴 수염을 만지작거리며 잘난 체하는 니콜라가 못마땅한 듯 공격적인 어투로 말을 이었다.

"하지만, 우리 뱀파이어 사회에 망원동 선언이 서둘러 정착된 것은 지도부의 강압과 강제 때문이었습니다. 동료 뱀파이어 중에는 아직 인간 피의 비린내를 잊지 못해 어두운 골목길을 배회하며 연약한 여자의 목덜미 뒤를 공격한 이들도

푸른 사과의 비밀

더러 있었지만, 그럴 때마다 감찰대원들이 그들을 설득시키기보다는 재판을 통해 교살형이나 화형에 처했습니다. 감찰대원들의 잔인성에 대한 여론이 좋지 않자 지도부의 조금 후퇴한 조치가 문제를 일으킨 뱀파이어와 전염된 신참 뱀파이어에 대해 앞으로 인간 사냥을 못하도록 송곳니와 치아를 모두 발치하고 의치를 끼워주는 일이었습니다."

물 한 잔을 마신 블랑이 계속해 말을 하려 할 때, 지금까지 조용히 듣고 있던 니콜라가 신경질적으로 말을 꺼냈다.

"당시 지도부의 한 구성원으로서 말씀을 드리자면, 우리는 뱀파이어계의 안전을 보장하기 위해 어쩔 수 없이 강압적인 조처를 할 수밖에 없었습니다. 과거지사를 탓하기보다 부디 미래지향적인 대책을 마련해주길 바랍니다."

이에 프리제는 포르피린증 환자처럼 잇몸이 쪼그라져 송곳니가 튀어나온 루주와 블랑의 창백한 얼굴을 안타깝게 바라보면서 말했다.

"의학자로서 말씀드리자면, 지금부터라도 수단과 방법을 가리지 말고 포르피린증 치료제를 충분히 공급해야 합니다. 오메가3나 비타민제는 영양제일 뿐 궁극적인 치료약이 아닙니다. 포르피린증의 경우, 기본적으로 수액 치료와 함께 항구토제, 진통제를 투여하고 증상이 심할 땐 항경련제를 추가해야 합니다. 선천성 적혈구 조혈성 포르피린증에 흔히 나타나는 광과민성의 경우에는 자외선 차단제를 바르고 베타카로틴을 경구 복용하여 증상을 줄이고, 용혈성 빈혈이 있을 때는 수혈을 하고, 심할 경우에는 비장 적출술을 시행해야 합니다. 지연 피부 포르피린증의 경우에는 정맥 절개술과 혈장 교환 시술을 하고 저용량의 클로로퀴닌을 경구 복용하도록 처방합니다. 경우에 따라 철분 킬레이터나 콜레스티라민을 경구 복용해야 합니다. 문제는 이러한 치료약들이 대량 생산되지 않는 데다, 그나마 강 너머의 대형 병원들이 싹쓸이하여 쌓아두고 있다는 사실입니다."

참석자들은 프리제가 쏟아내는 난해하기 짝이 없는 의학 용어들을 들으면서 이해가 안 되는 듯 눈을 깜박거리거나 코와 귀를 만지작거렸다. 잠시 졸음이 밀려와 눈꺼풀이 내려앉으려던 순간 누군가 황급히 소리를 질렀다.

"우리에게 필요한 영양제뿐 아니라 포르피린증 치료제까지요? 그러면 병원을 습격하면 되겠네요!"

국정원 출신의 슈타인은 공격적인 성향을 즉각 드러냈다. 이에 파스칼은 고개를 끄덕여 그의 말에 동의하고는 바로 신속대응팀을 구성했다.

"슈타인 박사와 니콜라, 민주가 이번 일요일에 강 너머의 대형 병원들을 습격하되, 사전에 민주가 답사를 다녀오면 좋겠습니다."

프리제는 파스칼의 말을 듣다가 묘한 표정을 지었다.

"이건 다른 얘기인데요. 포르피린증 치료제에 대해 알아 두셔야 할 게 있습니다. 인간계에서는 포르피린증 치료 기간에는 술이나 경구 피임제 등의 복용을 금지하기도 합니다. 적포도주를 좋아하는 우리 뱀파이어에게 술의 금지가 조금 고통스러울 수 있겠네요. 우리 뱀파이어들은 섹스를 하지 않아서 경구 피임제의 금지는 해당이 되지 않지만…."

섹스라는 단어가 프리제의 입에서 갑자기 나오자, 엄숙했던 분위기가 일순 흐트러지며 저마다 한 마디 씩 던졌다.

"이런, 쓸데없는 소리네!"

"섹스가 뭐야?"

나는 프리제가 나열한 난해한 의학 용어 탓에 잠시 눈꺼풀이 감기던 차에 그의 입에서 섹스라는 단어가 튀어나오자 번쩍 눈이 뜨였다.

뱀파이어들이 섹스를 하지 않는다고? 나는 뱀파이어들이 왜 서로 섹스를 하지 않는지 궁금했다. 뱀파이어들이 서로에 대해 성적 매력을 느끼지 못해서일까? 이성에 차이면서도,

여전히 이성에 관심이 많은 나는 주위의 뱀파이어들을 살펴봤다. 오똑한 콧대와 푸른 눈의 서구형, 야성적인 검은 피부와 곱슬머리의 아프리카형, 검은 머리카락에 단아한 눈매가 매력적인 아시아형, 진한 쌍꺼풀에 열정적인 외모의 동남아형, 그리고 거만한 표정의 뚱뚱한 미국 백인형…. 생김새와 특징이 다양하고, 남자인지 여자인지 도무지 구별되지 않았으나 나름 매력이 느껴졌다.

아직 성에 대해서는 잘 모르지만, 나의 전 남친이 나를 버리고 남자에게 넘어갔는데, 성적 매력은 각기 다른 취향의 문제인 듯싶었다.

이번에는 파스칼과 셀린의 외모를 천천히 뜯어보았는데, 성별을 구별하기가 모호했다.

왜 내가 처음부터 파스칼이 남성이고, 셀린은 여성이라고 생각했을까?

이들의 이름이 각각 남성형과 여성형의 느낌을 주었기 때문일까? 학교에서 제2외국어로 배운 프랑스어가 전혀 기억이 안 나지만, 남자 이름과 여자 이름 정도는 구분할 수 있었다.

프리제는 자신이 생각하기에도 꺼내서는 안 될 성적인 금기어를 내뱉은 게 마음이 걸리는지, 자신의 실수를 만회하려는 듯 말을 덧붙였다.

"아시다시피, 우리는 뱀파이어가 된 순간부터 성의 정체성을 잃었습니다. 더 이상 남성도 아니고, 여성도 아니고, 그렇다고 해서 성적소수자인 LGBT✤도 아니고, 그냥 성으로부터 완전 이탈했습니다. 요즘에는 성적충동이 없거나 성적자극에 반응하지 않는 인간까지도 성적소수자로 포함하는 추세인데, 우리 뱀파이어들이 이에 해당합니다. 뱀파이어가 인간을 뱀파이어로 만드는 방식은 한 생명체가 다른 성의 생명체와 교미 등을 통해 유전정보를 교환하지 않고, 자신과 유전적으로 같은 개체를 만드는 무성생식인 셈입니다. 즉, 우리는 수천 년 동안 인간에 접근하여 성 구별이 없는 우리와 같은 유전자형을 갖는 새로운 뱀파이어를 만들어왔습니다. 우리의 무성생식은 우리 몸의 일부를 떼어내서 다른 인간의 몸에 성장시켜 새로운 생명체를 만드는 방식이기에, 우리는 모두 형제이자, 자매이며, 한 몸이나 다름없습니다. 따라서 우리의 무성(無性)은 세속적 성을 초월했다고 여겨지는 신부나 스님보다도 훨씬 더 본질적이며 근원적입니다."

✤ 레즈비언, 게이, 양성애자, 트랜스젠더의 앞 글자를 딴 것이다.

프리제의 발언은 다소 충격적이었다. 세균, 고세균, 단세포 미생물이 무성생식을 하고, 흔히 나무에서 가지 일부를 떼어 내 땅에 다시 심어 새로운 나무를 키운다는 말을 들었지만 뱀파이어가 무성생식을 한다니! 참석자들은 프리제의 발언이 못마땅한 듯 손을 내저었다.

"잠시만 주목해주세요! 이제 곧 제 말을 마치겠습니다."

그는 검지를 펴서 자신의 입에 갖다 대고서 참석자들에게 자신의 발언에 경청해줄 것을 주문했다.

"전문적인 의학 용어와 다소 과한 표현을 사용해서 죄송합니다. 제가 하고 싶은 이야기의 결론은 우리의 공동체를 무너뜨리는 포르피린 증후군을 시급히 치료해야 한다는 점입니다. 시간이 없습니다."

잠자코 듣고만 있던 파스칼은 잠시 열변을 토한 프리제에게 손뼉을 치며 말을 이었다.

"박사님의 문제의식에 깊이 공감합니다. 인간계에서 병리학을 전공하신 박사님의 권위 있는 말씀에 감사드립니다. 우리는 오늘 이 자리에서 5년 전에 인간과의 평화공존을 위해 천명한 망원동 선언이 여전히 유효함을 다시 한번 확인했습니다. 오늘 회의에서 나온 얘기를 토대로 신속대응팀이 적극적으로 나서 우리 뱀파이어계의 건강을 위협하는 포르피린

증후군을 박멸하는 데 최선의 노력을 기울이겠습니다. 아울러, 우리 지도부는 강 너머에 활개를 치는 '자유와 공정'이라는 클럽의 실체를 조사해보겠습니다. 또한, 몇몇 뱀파이어들이 영양 보충을 위해 은밀하게 동물의 피와 육류를 먹는다는 소문의 사실 여부를 확인해보겠습니다. 다만, 지도부 동지들께서는 뱀파이어계 전체에 알려, 혹시 문제가 될 만한 일을 저지른 이들이 있다면 냉혹한 형벌을 당하기 전에 자수를 권해주시길 당부드립니다. 오늘 회의는 여기까지입니다."

나는 니콜라, 슈타인 박사와 함께 얼떨결에 신속대응팀원이 되어 어리둥절했다. 파스칼은 가득 채운 와인잔을 들며 일어났다.

그가 "팍스 밤피르(Pax vampire)!"를 선창하자, 참석자들이 모두 그의 말을 복창했다.

"팍스 밤피르(Pax vampire)!"

한쪽에서 회의 내용을 메모하기에 바쁘던 셀린이 말했다.

"이제 즐거운 식사시간입니다. 오늘은 우리 뱀파이어가 이 땅에 상륙한지 250주년(부록 14편 참조)이 되는 날입니다. 우리가 오랫동안 잊고 살았던 피의 카니발을 떠올리며, 핏빛 음식들을 준비했습니다."

빨간 팥으로 쑨 죽, 홍당무와 비트, 석류, 딸기, 자두, 앵두,

체리, 자색 양배추, 토마토를 썰어 만든 샐러드, 그리고 구기자차와, 붉은 보르도산 와인이 테이블에 놓이기 시작하면서 조금 전의 심각했던 분위기는 금세 밝게 바뀌었다. 인간이나 뱀파이어나 맛있는 음식 앞에선 즐거운 모양이다.

문득 식탁 위의 빨간 음식들을 보면서 "과연 저게 맛있을까" 하는 의심이 들었다.

옆자리의 니콜라가 내게 포크를 건네주며 먹어보라는 눈짓을 보내자, 나는 좋아하는 딸기 몇 개를 집어먹다가 엉뚱하게도 엄마가 구워주는 불고기와 삼겹살이 먹고 싶다는 생각이 들었다. 예수와 12명의 제자처럼, 빌라 지층을 가득 채운 파스칼과 그 일행 12명은 아까의 토론 분위기와는 달리, 둘씩 또는 삼삼오오 모여서 자유롭게 대화를 나누었다.

문자 도착을 알리는 진동소리에 휴대폰을 보니, '12시가 넘었는데, 어디서 뭐 하냐'는 엄마의 문자였다. 마음이 켕겼지만 난 '곧 시험이라서 스터디 카페에서 공부하는 중'이라고 답했다. 평소처럼 뻔뻔한 답이었지만, 엄마는 그대로 믿어주었다.

"너무 무리하지 마라. 공부도 안 하다가 갑자기 하면 탈나는 법이다."

"이따가 갈게. 엄마 먼저 자."

푸른 사과의 비밀

나흘 뒤에 치를 중간고사가 은근히 걱정되어 음식에는 입을 대지 못한 채 생수만 마셨다. 파스칼은 내게 다가와서 미소를 지었다.

"빨리 가고 싶지? 시험이 걱정되지?"

그가 어떻게 내 마음을 읽었을까? 나는 고개를 끄덕였다.

"앞으로 민주의 도움이 많이 필요해. 그리고 시험은 걱정 안 해도 될 거야."

그는 니콜라를 불러 내가 집에 가는 길을 에스코트해주라고 말하며 나의 시험 걱정을 덜어주라고 지시했다.

내가 다른 참석자들에게 인사할 겨를도 주지 않은 채, 니콜라는 슬그머니 나를 데리고 나갔다. 영화에서 나올법한 오래된 딱정벌레차가 우리를 기다리고 있었다.

인간과 뱀파이어 간의
평화적 공존을 위한 '망원동 선언' 부록 14편

「우리 뱀파이어의 역사는 사실 우리 자신들도 잘 모른다. 세계 곳곳의 설화와 민담 등에서 찾아보면 우리는 인간과 비슷한 모습을 하며 인간의 피를 섭취하는 존재로 알려져 있다. 영어로는 뱀파이어(vampire)라고 불리는데, 이는 세르비아어 밤피르(вампир)에서 온 단어다.

하지만, 이 역시 정확하지 않다. 뱀파이어가 아닌 인간의 기록이기 때문이다. 뱀파이어를 유명하게 만든 가장 큰 계기가 소설 드라큘라 때문이어서 우리 뱀파이어를 드라큘라(dracula)라는 명칭으로 혼동하여 부르는 인간들이 많다. 뭐, 어쨌거나 그건 중요하지 않다. 요즈음 각종 미디어 매체들을 통해 묘사되는 우리 뱀파이어들의 실체가 너무 무섭고, 끔찍하게 과장되어 안타깝다. 우리의 선조는 동유럽의 루마니아 지방에서 살았지만, 인간들이 상상하는 만큼 잔인하게 무작정 인간과 동물의 피를 흡입하지 않는다. 동유럽은 상대적으로 서유럽에 비하여 그리스도교의 영향이 약해 전설과 신화가 많다.

그 대표적인 예가 우리들에 관한 얘기다. 얼뜨기 작가들은 우리 뱀파이어를 유령과 늑대인간, 마녀와 동일시하지만 이는 우리에겐 모욕적인 일이다. 우리는 결코 인간의 혼령을 빼앗는 유령이 아니고 인간의 피와 살점을 파먹는 늑대인간도 아니며, 어린아이에게 죽음의 독 사과를 내미는 마녀도

푸른 사과의 비밀

아니다. 우리는 인간과 인류애적 교감과 사랑을 나누기 위해 피와 뱀(vam)
DNA를 나눌 뿐 인간들을 일부러 해치지 않는다는 점에서 그들과 다르다.
인간이 우리 뱀파이어에게 물리면 뱀파이어가 된다는 이야기는 어느 정도
맞는 말이지만, 우리는 늑대인간이나 미친개처럼 기분이 내키는 대로 인간
을 마구 물지는 않는다.

으스스한 더블린의 뒷골목에서 태어나 우리의 친구로서 성장기를 보낸
브램 스토커가 6년간이나 영국 국립도서관을 들락거리며 온갖 자료를 취합
해 1899년 『드라큘라』를 썼으나, 이는 우리에게 파생된 유사 종에 관한 이
야기일 뿐이다. 지금까지 우리 뱀파이어의 세계를 다룬 수많은 영화와 연
극, 소설이 등장했지만 그럼에도 불구하고 여기에 우리가 기록한 내용보다
충실치 못하다.」

난 꿈속에서 공부해

니콜라는 나를 딱정벌레차에 태우고 골목길을 빠져나와 양화대교 방향으로 향했다. 다리 중간쯤에 자동차가 다다르자, 니콜라가 물었다.

"민주, 여기서 뛰어내리다가 생긴 목의 상처는 이제 좀 괜찮아?"

"이제 아무렇지도 않은걸요."

"다행이네. 그런데 한 가지 궁금한 게 있어."

"네?"

"목의 상처 말이야. 파스칼은 네 목을 물었는지 확신을 못하던데…. 좀 기억나는 게 있어?"

"저도 마찬가지예요. 뭔가 순식간에 저를 낚아챈 듯싶었는데, 그만 정신을 잃었어요. 눈을 떠보니까 파스칼이 저를 안고 있더라고요."

니콜라는 내 말에 고개를 살짝 갸웃거렸다.

푸른 사과의 비밀

"송곳니를 뺀 잇몸은 좀 어때?"

"아직 얼얼해요."

"그래서, 아까 맛있는 샐러드에 입을 대지 않았나 보네."

"맛있어요? 소스도 없던데…."

"뱀파이어들이 좋아하는 홍초를 많이 뿌렸는데, 맛이 없어 보여?"

니콜라는 나를 뚫어지게 바라보며, "입을 벌려, 아 해봐"라고 했다.

"아까도 그랬는데, 또요?"

그는 잠시 차를 세우고, 휴대폰 조명을 켜고 내 입안을 천천히 들여다보았다.

"다행인지 불행인지 잘 모르겠다. 네 입에서 아직 비린내가 나지 않아. 넌 지금 경계에 있는 것 같아. 인간계와 뱀파이어계의 중간 지대에 걸쳐있지만, 아직 인간계에 가까워."

"낮에 송곳니까지 뽑았는데…."

나는 니콜라의 표정에서 혼란스러움을 언뜻 읽었다. 그런 그에게 아까부터 내내 갖고 있던 궁금증을 풀고 싶었다.

"질문 하나 해도 돼요?"

"뭐든지."

"왜 뱀파이어 동료들의 이름이 프랑스식이에요? 원래 프랑스인들이었어요? 프랑스인들이라면 거만해서 질색인데….”

나는 역사 시간에 배운 조선말 프랑스의 강화도 침략과 문화재 약탈이 떠올라 살짝 적대감을 나타냈다.

“그건 파스칼이 이 땅에서 최초의 뱀(vam)균 보균자로서 갑자기 개체수가 증가한 뱀파이어들을 구분하기 쉽도록 자신에게 익숙한 프랑스어 단어를 채택했기 때문이야. 어차피 인간계의 이름은 이곳에서는 별 의미가 없거든. 그리고 프랑스인들이라고 해서 모두가 거만한 건 아니야.”

“파스칼과 니콜라, 셀린은 예외인가요?”

“그렇게 말해주니까 쑥스럽군.”

“얘기를 듣다보니, 질문 하나가 더 생기네요.”

“뭐든지.”

“그럼 나도 프랑스 이름을 갖게 되나요?”

“아냐, 네가 원하지 않으면 프랑스식 이름을 갖지 않아도 돼. 모든 뱀파이어에게 네이밍을 하기 전에 본인의 동의를 구하거든.”

“다행이군요. 저는 지금 내 이름이 좋아요. 아빠가 한 달 동안이나 고민해서 지어주신 이름이거든요.”

“충분히 이해해. 그래서 네 이름이 멋진 거군. 시험이 언제

지?"

나는 그의 말에 순간적으로 멍한 느낌이 들어, 휴대폰 달력을 보았다.

"헉, 내일이네요!"

"왜 놀라는 거지?"

"뱀파이어들과 어울리다 보니 공부한 게 전혀 없으니까요!"

아무래도 밤을 꼬박 새우며 공부해야겠다고 생각했다.

니콜라는 걱정 섞인 내 표정이 재미있는지 피식 웃었다.

"아까 파스칼이 네 시험 걱정을 덜어주라고 당부했는데, 너를 도와주어야겠어."

"어떻게요?"

"집에 들어가면, 넌 그냥 얼른 잠을 자기만 하면 돼. 잊지 말고 파스칼이 준 목걸이의 하트 방울을 꼭 쥐고서 말이야."

"네?"

"마음 편하게."

"지금 장난할 기분 아니에요."

"나도 그래."

"계속 장난치실래요? 꼭 정치인이 말하는 것과 똑같네요. '나를 생각해봐. 네 꿈이 이뤄질 거야.'라고 말한 누구처럼

요."

"진짜 네 꿈이 이뤄질 거야."

어느새 자동차는 아파트 앞에 도착했다.

현관문을 들어서니, 벽시계의 초침과 분침, 시침이 모두 숫자 12에 합쳐지는 순간이었다. 거실 소파에 아담을 안고서 TV 드라마를 보던 엄마가 "정확하네." 하며, 잠깐 자정 뉴스를 보라고 말했다.

코로나 변이 바이러스 확진자 수가 계속 줄어 정부의 사회적 거리두기 조치가 완화된다는 내용이었다. 실내에서는 마스크 착용을 유지하되 야외에서는 벗어도 되며, 카페나 식당의 영업시간과 인원 제한을 해제하는 등 점진적인 일상생활의 정상화가 이뤄진다는 것이었다.

"이제 사우나에 마음대로 갈 수 있겠네. 엄마랑 같이 갈래?"

나는 송곳니를 뽑은 걸 들키지 않으려 애쓰며 대답했다.

"시험 기간이잖아."

"너, 엄마 딸 맞니? 네가 안 하던 공부를 한다니 딸이 바뀐

푸른 사과의 비밀

것 같아."

"엄마도 참…. 나, 고3이잖아. 해병대보다 더 살벌하다는 고3 말이야."

"그래, 네가 그러니까 진짜 살벌하다."

엄마는 일을 끝내고 사우나에 가서 땀을 빼고 휴식을 취하는 게 유일한 즐거움이라 생각하는 것 같았다. 그래서인지 그동안 내내 사우나를 가지 못해서 몹시 아쉬워하곤 했다. 다시 사우나에 갈 수 있다는 기대감에 엄마는 기분이 좋은 듯 콧노래를 불렀다.

"엄마, 나 내일 시험이라서 아침에 늦지 않게 꼭 좀 깨워 줘."

"너답지 않게 웬일이냐. 깨워주긴 하겠지만…."

"재수하면 안 되지. 집에 돈도 없는데."

"지훈이랑 헤어지더니만, 확실히 달라졌어."

"대학 가서 개보다 100배 멋있는 애랑 만날 거야."

"암, 그래야지. 세상은 넓고 세상의 절반은 남자야."

나는 무기정학을 당한 지훈이 어떻게 지내는지 궁금해서 문자를 보내려다가 지훈이 주현이랑 사귄다는 얘기를 듣고, 홧김에 그의 전화번호를 지워버린 사실을 떠올렸다. 나는 잊고 싶은 게 있으면 고개를 좌우로 마구 흔들어 넣어버리려는

습관이 있었지만 이번에는 그러지 않았다. 왠지 지훈이 측은해 보이는 내 속마음을 털어낼 수가 없었다. 자꾸만 지훈의 얼굴이 떠올랐다.

학교에서 동성애를 이유로 변명의 여지도 주지 않고, 둘 다 무기정학 시키는 것은 폭력적이라는 생각이 들었다.

나는 "씻고 이 닦고 자라"는 엄마의 말에 뜨끔해서, 큰 소리로 "싫어, 그냥 잘래!"라고 말했다가, 엄마가 "이 게으른 것! 씻기 싫어하는 건 꼭 제 아빠 닮았네. 야, 지금 전염병으로 온 세상이 난리인데 혹시 엄마에게 옮기면 어쩌려고 그래!"라고 핀잔을 주자, 그제야 세면실로 향했다.

거울에 비친 내 모습을 가까이 들여다보았다. 여드름과 눈 아래의 다크서클은 많이 사라졌고, 이마와 볼에서 오히려 조금 광채가 난다는 느낌이 들었다. 입을 벌려, 송곳니를 뺀 잇몸의 구멍에 넣은 탈지면을 살펴보니 핏물이 많이 고여 있었다.

칫솔이 송곳니가 닿지 않도록 조심하며 이를 닦으면서 내일은 치과에 가서 의사가 권유한 대로 송곳니를 대체할 브리지 시술을 받아야겠다고 생각했다.

급한대로 송곳니를 뽑긴 했지만, 이 사실을 누구라도 알면 기겁할 텐데 어떻게 하지? 브리지 시술 비용도 생각하면 한

숨이 나왔다. 명절 때마다 엄마와 친척들이 준 용돈과 틈틈이 알바를 하며 받은 돈을 모은 나만의 비자금이 150만원이나 되는데, 지금에서야 그걸 써야겠다는 생각이 들었다.

엄마에게 다가가 아담을 뺏다시피 낚아 안고서 잠자리에 들었다.

아담은 내 송곳니에 들어간 탈지면의 소독 냄새가 싫은 듯, 고개를 돌려서 엉덩이와 꼬리 부분을 내 얼굴에 대고 엎드렸다. 나는 조금 전 니콜라의 말이 떠올라 목걸이의 하트 방울을 만지작거리며 아침에 치를 시험을 걱정하다가 그만 스르륵 잠이 들었다.

니콜라는 파스칼이 특별히 준 것이라며, '베스트 오브 베스트'라는 문건을 건네주고서 5시간 후에 테스트를 할 테니 깡그리 외우라고 했다. 나는 내일 중요한 시험이 있다며 니콜라의 요구를 거절했지만 니콜라는 이 문건이 시험보다도 더 중요하다고 우겼다. 중간고사 시험을 도와준다기에 정답을 점지해주는 줄 알았는데, 이게 뭐지? 니콜라에게 조금 짜증 섞인 목소리로 말했다

"내가 대학 못가면 내 인생 책임질 거예요?"

"너의 인생을 우리가 기꺼이 책임질 거야. 걱정 마."

어이없는 반응이었다.

"그럼, 5시간 후에 와서 테스트할 테니 이따가 봐."

니콜라는 껄껄거리며 내 앞에서 순식간에 사라졌다. 나는 '베스트 오브 베스트'의 페이지를 열어젖혔다. 어디에선가 듣고, 보고, 읽은 내용이었다. 어디서 들었을까?

나는 집중해서 처음부터 끝까지 정독한 뒤에 처음으로 되돌아와 하나씩 외웠다. 암기의 달인이 된 기분이었다. 국어, 영어, 사회, 과학의 지식이 차곡차곡 내 머리를 채웠고, 심지어 수학의 공식마저도 내 머릿속에 속속 들어왔다.

시간을 보니 거의 5시간이 흘렀다. 화장실을 한 번도 가지 않고, 담배를 한 개비도 피지 않았는데도 생리현상이 조금도 없었고 지루하지도 않았다. 니콜라가 다시 나타났다. 이번에는 시험지를 가져왔다.

"이제 네가 진짜로 문건을 다 외웠는지 테스트할 거야. 협조해주길 바라."

"좋아요. 까짓것."

"자신만만하군. 쉽지 않을걸."

"얼마든지⋯."

"50분을 주겠어. 커닝은 절대 안 돼."

"백지를 낼지언정, 난 절대 커닝 같은 건 안 해요."

니콜라에게서 시험지를 받아 빠르게 문제를 풀었다. 정확히 45분 만에 300개의 문제를 다 풀었다. 1분 만에 6~7개의 문제를 해결했다. 뿌듯한 느낌이 들었다. 니콜라는 내게서 답안지를 받아 채점한 뒤에 한마디를 했다.

"안타깝게도 빵점이야."

"뭐라고요?"

"시험지에 네 이름을 안 썼잖아. 바보처럼."

나는 내 머리를 쥐어박는 그의 강한 꿀밤에 "아!"하며 소리를 내질렀다.

"왜 때려요! 왜!"

꿈이었다. 엄마는 나를 불러 깨우다가 지친 나머지 내 머리를 쥐어박았다.

"오늘이 시험 보는 날 아니니? 뭔 잠을 그리 많이 자면서 중얼거리니? 엄마는 네가 시끄러워서 소파에서 잤다."

나는 멍한 표정으로 엄마를 바라보았다.

"밤새 내가 얼마나 많이 공부했는데…."

"애고, 우리 딸이 얼마나 시험에 스트레스가 많았으면…. 그냥 대충 살아도 돼."

냉장고에서 시원한 우유를 꺼내 한 컵을 들이켰다. 엄마가 삶아준 달걀 껍데기를 벗기다 문득 혼잣말이 튀어나왔다.

"뱀파이어들도 달걀을 먹으려나? 비건주의를 선언했다는 데…."

꿈속에서 시험공부를 하다니, 정말이지 이상한 밤이었다.

학교는 쥐 죽은 듯 조용했다. 아무래도 중간고사 점수가 대학 수시에 반영되기 때문인 듯했다. 담임선생님은 간단한 조회를 하고, 아이들에게 신신당부했다.

"절대 커닝은 용서 안 돼. 의심받을 행동도 하지 말고, 모두 최선을 다하길 바란다."

등수를 정하는 게 시험이다. 모두가 최선을 다하더라도, 1등과 꼴등이 있기 마련이고, 모두가 시험을 대충 보더라도 마찬가지로 1등과 꼴등이 있기 마련이다. 나는 담임선생님의 '최선' 발언에 웃음이 나오는 걸 꾹 참았다.

담임선생님이 시험지를 배포하자 곧이어 1교시 국어 시험의 시작을 알리는 벨이 울렸다.

어젯밤에 시험지에 이름을 쓰지 않아 빵점을 맞은 기억이

푸른 사과의 비밀

나, 나는 시험지를 받자마자 내 이름을 정확히 썼다. 강민주.

이럴 수가! 놀라웠다. 모든 시험문제는 내가 잘 아는 내용을 묻고 있었다. 나는 여유 있게 답을 채웠다. 2교시, 3교시, 4교시 시험도 마찬가지였다. 4과목의 시험이 치러졌다.

반 아이들은 학교에서 점심을 먹으면서 정답을 맞혀가며 환호와 탄식의 소리를 냈다. 난 정답을 맞혀 보지 않았다. 숟가락으로 밥을 떠서 입에 넣으면서 내가 겪은 초현실적인 경험에 대해 골똘히 생각했다. 어떻게 꿈속의 일들이 현실에서 그대로 재현되는 거지?

점심 급식을 먹은 뒤 가방을 챙겨 교문을 나섰다. 치과에 들러 송곳니를 뽑은 자리에 브리지 시술을 하기 위해서다. 반 친구들은 오후까지 교실에 남아서 내일 치를 시험들을 열심히 준비할 것이지만, 나는 그럴 필요성을 느끼지 못했다.

교문을 지나 오른쪽 골목길로 돌아서 한창 가고 있는데 가까운 곳에서 레몬 향이 났다.

선글라스와 마스크를 착용한 니콜라가 나를 보고 손짓하고 있었다. 밤이 아닌 대낮에 뱀파이어를 만나는 것은 의외였다.

"시험은 잘 봤어?"

"사실, 걱정이에요."

"이름을 안 썼어?"

"제일 먼저 이름부터 썼어요."

"그런데 뭐가 문제지?"

"1등 할까 봐요."

"원래 원했던 거 아냐?"

"항상 원했지만, 근데 중간 등수이던 애가 갑자기 1등 하면 학교가 뒤집힐까 봐 걱정이에요. 저희 엄마도 놀라서 쓰러질 것 같아요."

"그러면 눈치 있게 답지를 썼어야지."

"그 정도는 저도 알아요. 만점을 안 받으려고, 정답을 알고 있지만 적당히 오답을 냈어요. 그래도 1등 할 것 같아요."

"내일 시험에서는 좀 조절해 봐. 반에서 대략 10등 정도로 말이야."

"기왕 이렇게 된 거, 내일 시험은 제대로 다 쓰려고요. 뭐 1등 하는 것도 나쁘진 않을 것 같아요. 이럴 때 1등 한번 해 보는 거지, 제가 언제 해 보겠어요?"

"그런 건 알아서 해."

"내일에도 꿈속에서 공부한 것이 시험에 나올까요?"

"어쩌면. 아니, 분명히."

푸른 사과의 비밀

니콜라는 손목에 찬 시계와 나를 번갈아 바라보면서 말했다.

"저녁 7시에 파스칼의 집에서 만날 수 있을까? 몇 명이 지난번의 안건을 토론하려고 하는데, 아직 인간계의 영역에 걸쳐있는 너의 도움이 필요해. 파스칼의 부탁이야."

그는 골목에 세워둔 빨간 딱정벌레차에 오르며, 장난스럽게 윙크를 보냈다.

"그럼, 이따가 봐. 내일 시험 걱정하지 말고…."

니콜라는 차를 타고 가다가 다시 되돌아와서 내 앞에 멈췄다.

"민주, 강 너머의 대형병원을 털어야 하는데, 언제쯤 시간이 날까?"

"뭐, 제가 강도도 아닌데 털긴 뭘 털어요?"

"기억 안 나? 우리 뱀파이어에 치명적인 포르피린증을 치유할 치료제…."

"아, 그렇지. 시험 끝나고 출동하기로 할까요?"

"오케이."

집에 도착하자, 낮잠을 자던 아담이 나를 보고 반가운지 벌떡 일어나 꼬리를 흔들면서 거실을 네 바퀴나 돌며 환영 퍼레이드를 했다. 가방을 거실에 던지고 녀석을 번쩍 들어

뽀뽀를 한 번 하고, 녀석을 끌어안고서 소파에 뒤로 벌렁 누워 쓰러졌다. 이내 잠이 들었다.

밤새워 공부하고, 오전에 시험문제를 푸느라 온 정신을 쏟았더니 피로감이 한꺼번에 몰려왔다. 얼마나 잤을까?

우리 집에는 매일 나 홀로 있었지
아버지는 택시 드라이버
어디냐고 여쭤보면 항상 '양화대교'
아침이면 머리맡에 놓인 별사탕에 라면땅에
새벽마다 퇴근하신 아버지 주머니를 기다리던
어린 날의 나를 기억하네….

잠결에 내가 좋아하는 자이언티의 노래가 계속 들려오고, 무언가가 내 눈두덩이를 핥고 있는 느낌이 들어 힘겹게 눈꺼풀을 떴다. 아담의 혓바닥이었다. 휴대폰 벨 소리가 울리는데도 내가 받지를 않아 아담이 나를 깨웠나 보다.

번호를 확인해 보니, 동네 치과의 간호사였다.

"강민주 씨, 오늘 4시에 예약하지 않았나요? 지금 4시인데, 오시나요?"

나는 시침이 4시를 가리키는 벽시계를 보면서 '아차' 싶었

푸른 사과의 비밀

다.

"네, 지금 거의 다 왔어요. 근처 신호등을 기다리는 중이에
요."

"그럼, 얼른 오세요."

"넵, 슈웅 날아갈게요."

"네. 기다리고 있을게요."

나는 후다닥 옷을 갈아입고서, 컹컹 짖는 아담을 뒤로 한
채 뛰쳐나갔다. 정확히 간호사와 통화한 지 5분 만에 치과에
도착했다. 간호사는 숨을 헐떡이는 내게 "진짜 날아왔냐"고
미소 지으며 나를 시술대에 앉혔다. 입 구멍이 뚫린 하얀 천
이 내 얼굴에 씌워졌다.

잔뜩 긴장하고 있는데, 치과의사 선생님의 중저음 목소리
가 다정하게 들려왔다.

"오늘은 긴장 안 해도 돼. 지난번에 송곳니를 뺀 그 빈자
리에 어금니와 앞쪽 앞니 사이에 브리지를 걸어 가짜 송곳니
두 개를 넣을 거야. 일주일 동안 탈지면을 끼워 물고 다녔는
데 좀 불편하지 않았어?"

나는 고개를 저으며 물었다.

"이제 송곳니는 더 이상 나오지 않나요?"

"지난번의 송곳니기 유치라면 또 나올 수 있겠는데, 아쉽

게도 영구치였어. 유치는 6살부터 빠지기 시작해 12살이면 거의 다 영구치로 교체되거든. 앞으로는 잇몸 건강에 신경 써야 해."

"그럼, 송곳니를 조금 도드라지게 보이게 해 줄 수 있어요? 진짜 송곳처럼."

"그거야 가능하지만…. 그러면 위아래 어금니가 아귀가 안 맞아서 음식 씹을 때 힘들 거야."

"앞으로 우유나 주스만 마실 건데, 그렇게 해주세요."

"하하, 뱀파이어처럼 보이게 하려고 그래?"

"뭐, 제가 뱀파이어인걸요."

순간 나는 '아차' 싶었다. 아무에게도 털어놓지 않은 1급 비밀을 이렇게 쉽게 말하다니 내 입을 봉하고 싶었다.

"하하하. 충분히 이해해. 맘에 들지 않은 친구들을 사정없이 물고 싶은 거구나. 누구부터 물려고? 남자 친구?"

나는 의사 선생님에게 내 속마음을 들킨 것 같아 잠자코 있었다.

의사 선생님은 내 송곳니 자리의 탈지면을 모두 제거하고 소독한 뒤에, 지난번에 석고를 넣어 본을 뜬 교정 치아를 조심스럽게 끼웠다.

잇몸을 감싸는 이질감 탓에 나는 눈을 질끈 감았다.

푸른 사과의 비밀

"그러니까, 송곳니를 조금 돋보이게 해 달라는 거지?"

의사 선생님은 작고 예리한 전기톱으로 내 송곳니를 다듬으면서 고객의 요구를 확인하듯 재차 물었다.

나는 시술대 위에서 꼼짝달싹 못 하는 탓에 오른손을 꼼지락거려 오케이 사인을 보냈다.

전기드릴로 나의 치아를 갈아대는 쇳소리가 내 뇌세포를 갉아 먹는 듯했다. 뭐, 내가 원하는 목표를 이루려면 이 정도의 고통은 얼마든지 달게 받을 수 있다는 생각이 들었다.

작업이 다 끝났는지, 더 이상 드릴 소리가 나지 않았다. 간호사는 나의 얼굴을 가린 하얀 천을 걷어 내며 "고생했어요"라고 말했다.

간호사가 건네준 물잔으로 입안을 헹군 뒤에 큰 거울에 나의 송곳니를 비추어 보았다.

거울 속의 송곳니는 지난번 것보다 커 보였고, 지훈의 목덜미에 구멍을 낼 수 있을 만큼 날카로운 느낌이 들었다. 100%는 아니지만 충분히 만족스러운 송곳니였다.

"만족스럽니?"

"어느 정도는요."

"사용하다가 불편하면 언제든지 와. 교정하면 되니까. 절대 잇몸에 손대지 말고."

나는 "사용하다가 불편하면"이라는 의사 선생님의 말에 뭔가 나만의 음모를 들킨 듯한 느낌이 들어 얼굴이 살짝 달아올랐다. 먼저 지훈의 목에 구멍을 내고, 녀석의 파트너인 주현을 물고, 그다음에 저 의사 선생님과 간호사의 목을 물어버릴까. 상상만으로도 유쾌한 기분이 들었다. 나는 수납 직원이 청구한 병원비 내역을 묻지도 않고 카카오페이로 바로 송금했다.

54만 원이었던가? 아직 고등학생인 내게 조금 과한 돈이었지만, 당분간 화장품과 의상 쇼핑을 줄이고 주말 아르바이트를 찾으면 될 것 같았다. 병원 벽에 걸린 큼지막한 시계를 보니 오후 5시였다. 파스칼 일행과의 약속이 저녁 7시인데 집에 들를까 바로 약속 장소에 갈까 고민하다가, 혼자서 저녁 식사를 할 엄마가 떠올라 집으로 향했다.

학교 급식 일을 마치고 쉬고 있던 엄마는 나를 보더니, 새삼스럽게 "우리 딸이 이 시간에 웬일이냐"며 저녁 식사 준비에 나섰고 아담은 앞발 두 개를 들어 재롱을 피웠다.

"오늘 시험 잘 봤어?"

푸른 사과의 비밀

"당연하지."

"그럼 성적도 좋겠네."

"어쩌면 1등도…."

나의 당당한 대구에 엄마의 어이없어하는 표정을 보고, 난 뒤로 후퇴했다.

"뭐, 내 희망 사항이지."

"네가 1등 하면 소원이 없겠다. 그럴 날이 언젠가 오겠지. 오늘 밤에도 스터디카페에 가서 시험 공부 할 거니?"

"엄마의 소원을 풀어줘야지."

"말이라도 고맙고, 기쁘다."

나는 욕실에 들어가 샤워를 하다 말고, 거울에 비친 나의 얼굴을 보면서 송곳니를 드러내고 웃어보았다. 조명에 비친 송곳니는 번득거리는 느낌을 주었다.

잠시, 지훈의 목덜미를 표적으로 떠올렸으나 왠지 녀석이 측은해 보였다.

녀석의 정학은 언제 끝나는 거지…. 내게 연락 한 번 줄 법한데 감감무소식인 게 섭섭했다. 뾰족한 송곳니로 녀석에게 복수하려고 했지만, 막상 녀석을 만나면 울어버릴 것 같았다. 학교에서 이성 교제마저도 이상하게 여기는데, 동성애자로 손가락질 받는 게 일마나 힘들끼 하는 생가이 들었다

진짜, 엄마의 말대로 시간이 약인 듯싶었다. 내가 송곳니를 기다리는 것도 이제 지훈에 대한 복수심보다는 뱀파이어 세계에 대한 궁금증 때문이었다. 어젯밤만 해도 니콜라가 건네준 파스칼의 문건을 꿈속에서 외웠을 뿐인데 이게 현실 속의 시험이라니, 이 얼마나 놀라운 일인가.

샤워를 마친 나는 빨간 원피스 옷을 입으려다가 엄마가 "밤에 웬 빨간색이냐"라고 지적해서 활동적인 청바지에 분홍색 니트를 입었다.

목에는 파스칼이 준 목걸이를 걸었고, 레몬 향이 나는 하트 방울이 밖으로 나오게 했다.

저녁 식사를 차리던 엄마는 내 몸에 코를 킁킁거리며, "이게 뭔 냄새지?"라고 물었지만 나는 "샴푸 냄새겠지"라며 말을 흐렸다. 식탁 위의 꽃무늬 잉글랜드 접시에는 살짝 익힌 쇠고기 등심에 핏물이 비치며 식욕을 돋우었다.

"그동안 우리 딸이 공부하느라 달덩이 같은 얼굴이 그믐달 된 것 같아 가슴 아파."

진지하게 말하는 엄마의 말에 나는 조금 목이 멨다.

"그건 맞는 말이야. 안 하던 공부를 갑자기 하려니…."

나는 무안한 표정을 지으며 머리를 긁적였다.

"그래 맞아. 공부는 평소에 해 둬야 하는 건데…. 요즘 반

쪽이 된 네 얼굴을 보고 엄마가 비싼 등심 스테이크를 요리했으니, 실컷 먹고 힘내."

"고마워, 엄마."

나는 엄마 몰래, 오늘 치과에서 새로 교정한 송곳니를 빨리 사용하고 싶어 스테이크 한 점을 입에 넣었다. 송곳니 성능은 쓸 만했다.

송곳니로 스테이크에 쉽게 구멍을 낸 뒤, 위아래 어금니로 질근질근 씹어 핏물 섞인 고기의 즙을 꿀꺽 삼켰다. 일부러 엄마에게 입을 벌려서 송곳니를 자랑하듯 히죽거려 보았다.

엄마는 내 송곳니의 실체를 눈치 못 챈 듯, "그렇게 좋아? 역시 한우 고기가 비싼 값을 하는구나"라고 말했다. 그런데 이상했다. 의사 선생님은 분명히 내게 "송곳니를 조금 키우고 날카롭게 다듬었다"라고 말했는데, 엄마는 아예 그걸 모르고 있으니 말이다.

나는 엄마 앞에서 한 번 더 입을 히죽 벌리고 송곳니로 스테이크를 무는 모습을 보여 주었다.

"민주야, 왜 그래? 그러면, 엄마가 더 미안하잖아. 진즉에 이런 고기 좀 사 먹일걸…."

엄마의 무딘 감각에 절로 탄식이 나왔다.

하나밖에 없는 딸이 치과에 가서 송곳니를 뱀파이어처럼

갔았는데, 그걸 눈치채지 못하다니…. 엄마의 눈치 없음에 실망했다.

나는 한껏 신경을 곤두세워 뭔가 먹을 것을 기다리다가, 식탁 아래를 맴도는 아담을 안고 녀석의 목을 무는 시늉을 했다. 녀석도 엄마처럼 아무렇지 않게 나에게 눈을 깜박이고 꼬리를 흔들며 먹을 것을 밝혔다. 나는 일어나 냉장고 문을 열고서 녀석에게 닭가슴살 한 조각을 던져 주었다.

엄마와 아담이 나의 송곳니를 눈치 못 채더라도, 나는 내 송곳니를 "뱀파이어처럼 다듬고 갈았다"는 의사 선생님의 전문가적인 소견을 무시하지 않기로 했다.

어느덧 오후 6시 30분이었다. 엄마에게 스터디카페에 간다며 집을 나서려 하는데, 엄마가 한마디 했다.

"공부하러 간다는 애가 왜 책가방은 안 가져가니?"

나는 "공부할 책들을 스터디카페에 두고 왔어"라고 둘러댔다.

엄마의 예리한 감각은 여전한데, 왜 나의 송곳니에 대해선 무심할까?

휴대폰 거울로 송곳니를 들여다본 뒤 총총걸음으로 버스 정류장으로 향했다.

10분이 지나도록 합정동 행 버스는 오지 않았다. 택시도 나타나지 않았다. 어느새 5분이 더 흘렀다. 버스와 택시를 포기하고 지하철역 쪽으로 걸어가려는데, 멀지 않은 곳에서 은은한 레몬 향이 날아왔다. 니콜라의 딱정벌레차였다.

"민주! 얼른 타!"

포르피린증이 뭐지?

니콜라의 딱정벌레차는 순식간에 파스칼의 아지트에 도착했다. 정확히 7시였다. 현관문에 들어서기 전에 윗주머니를 뒤지는데, 니콜라가 웃으며 "마스크를 착용할 필요가 없다"라고 했다.

"우리 뱀파이어들은 전염병 따위에 안 걸리거든. 그리고 방에서는 암막 커튼을 칠 거니까 외부 인간들이 우리의 존재를 눈치 채지 못할 거야."

"그러다 단속에 걸리면요?"

"오호, 민주가 모범생인 줄 몰랐어. 바람직한 일이야."

"뭐예요?"

"농담이야. 여기는 막다른 골목이어서 온종일 인적이 뜸해."

나는 니콜라의 진지한 설명에 피식 웃어 보였다. 파스칼과 셀린이 숫자가 빼곡히 적힌 서류들을 검토하고 있었다. 나를

푸른 사과의 비밀

보고는 벌떡 일어나서 포옹을 하고, 자신들의 볼을 네 차례나 비벼왔다. 프랑스식 비주 인사였다. 하마터면 연분홍 립스틱을 바른 내 입술이 파스칼의 볼에 묻을 뻔 했다. 파스칼과 니콜라의 몸에서 나는 시큼한 레몬 향이 가슴까지 파고드는 느낌이 들었다. 기분 좋은 냄새였다.

셀린은 내게 홍차와 커피, 와인 중에 "뭘 마실 거냐"고 물었고 나는 "와인"이라고 답했다.

"어, 고등학생이 술을?"

"처음 마셔보는 거예요. 아주 조금만 주세요."

파스칼이 놀란 표정을 지어 보이기에, 나는 왠지 많이 마시면 안 될 것 같았다. 불과 이틀 만의 재회였지만, 우리는 서로 와인잔을 부딪히며 아무런 구호 없이 건배했다.

"파스칼 아저씨, 지금 저는 시험공부해야 해요. 오늘은 용건만 간단히 말씀해주시면 어떨까요?"

파스칼은 당돌한 나의 푸념에 껄껄 웃었다. 니콜라는 시큰둥한 내 표정을 보며, "어차피 너는 1등을 하게 되어 있어"라며 미소 지었다. 파스칼은 와인 한 모금을 입에 넣고 한참 음미하다가 입을 뗐다.

"더 이상 인간의 피를 빨지 않는 우리로서는 아주 오래된 과거의 일이지만, 아직도 많은 영화니 소설에서 우리 뱀파이

어들이 이기적인 영생만을 위해 인간의 피를 탐한다고 묘사
하고 있어. 모두 엉터리지."

나는 얼마 전 넷플릭스 채널에서 며칠간 밤새워 정주행하
여 본 뱀파이어 시리즈물을 떠올려보았다. 모두가 하나같이
뱀파이어들의 탐욕과 악덕을 묘사했었다.

파스칼은 미간에 힘을 주며 계속했다.

"사실은 그 반대야. 우리는 우리가 지닌 영생불멸의 DNA
를 인간과 나눠서 인간이 생로병사의 고통에서 벗어날 수 있
도록 도와줬지. 우리는 인간에게서 뽑은 피를 매개로 삼아
인간에게 더욱 강하고, 보다 영리하며, 활기찬 생명력을 불
어넣었어. 그 덕분에 인간은 오랫동안 인간계를 괴롭힌 질
병, 번뇌, 공허, 죽음의 공포에서 벗어날 수 있었지. 물론 인
간이 아닌 뱀파이어로서 말이야."

눈을 지그시 감은 셀린과 니콜라는 고개를 끄덕였다. 마스
크를 벗은 파스칼의 진지한 표정을 보면서, 그의 지적인 외
모가 무척 매혹적이라고 느꼈다. 그는 나를 응시하며 단호한
표정을 지었다.

"우리는 인간이 원치 않는 상황에서는 결코 상대의 목에
송곳니를 꽂지 않았어. 인간과 더불어 이해와 교감의 폭이
깊어지고, 나아가 사랑의 감정이 서로 교차하며, 마침내 서

푸른 사과의 비밀

로 하나 됨을 느끼는 순간에 그들의 맑은 피와 우리의 DNA
를 서로 나누었지. 인간과의 온전한 일체감을 위해서 말이
야. 우리가 지닌 DNA는 코로나 바이러스와 같은 싸구려 역
병 따위와는 달리, 결코 가벼운 바람에 휘날리지 않았지."

파스칼의 말을 들으면서, 그가 나를 구할 때 상처를 입힌
내 목을 만져 보았다.

이젠 새살이 돋아 흔적이 없어졌지만, 왠지 그의 송곳니가
살짝 꽂혔을 것 같은 느낌이 들었다. 파스칼은 우리 셋의 얼
굴을 하나씩 바라보며 말을 이었다.

"이제부터 내가 하는 말이 민주에게는 조금 어려울 거야.
우리 뱀파이어들은 인간과 더불어 살면서, 말초적인 섹스행
위를 갖지 않아도 최고 단계의 정신적 리비도를 느낄 수 있
었어. 지그문트 프로이트는 리비도가 사춘기에 갑자기 나타
나는 것이 아니라 태어나면서부터 서서히 발달하는 것이며,
성 본능은 다섯 살에 절정에 이른 후, 억압을 받아 잠재기에
이르고 사춘기에 다시 성욕으로 나타난다고 했지만 그의 말
은 어디까지나 정신적인 쾌감을 배제했던 거지. 뭐, 인간계
의 리비도는 그럴 수 있을 거라고 생각해. 하지만 우리 뱀파
이어는 최고 절정의 정신적 리비도를 추구해왔지."

니는 얼마 전 철학 시간에 프로이트와 리비두에 대해 들

었던 기억이 어렴풋이 났다.

젊은 남자 선생님은 여자애들 앞에서 아무렇지도 않게 성기, 성욕이라는 단어들을 거침없이 쏟아내면서, 내심 쑥스러운지 저 멀리 뒤쪽의 환경미화 칠판에 시선을 멍하니 고정했다.

수업시간에 한창 졸던 친구들은 성이라는 첫 단어에 번쩍 눈을 뜨고 얼굴을 붉혔지만 나는 선생님의 애매한 시선 처리에 자꾸 웃음이 나왔었다.

파스칼은 윤리 선생님과 달리, 나를 응시했다.

"우리가 인간과 더불어 피와 DNA를 서로 나눈 것은 대등한 관계 속에서 이뤄진 인류애적인 교감이었어. 민주가 즐겨본 소설과 영화에서는 뱀파이어는 가해자고 인간은 피해자로 묘사하고 있지만, 그건 전혀 사실이 아니야. 뱀파이어나 인간 모두 리비도적인 쾌감을 얻은 거지. 인간은 늘 갈망해온 영원불변의 꿈을 실현하여 일종의 나르시시즘적 리비도를 충족할 수 있었지."

나는 파스칼의 말에 동의하고 싶지 않아 한마디 했다.

"하지만, 피를 매개로 뱀파이어와 교감을 가진 인간은 더 이상 인간이 아니잖아요. 아저씨의 논리대로 인간이 대등한 관계에서 뱀파이어와 인류애적인 교감을 가지려면 인간으로

서의 리비도를 충족해야 하지 않나요?"

파스칼에 반론을 제기할 때 내심 나 자신이 똑똑하게 느껴졌다.

셸린과 니콜라는 나를 보고 미소를 지어 보였다.

나는 얘기가 나온 김에 한마디 더 했다.

"솔직히 말하면 뱀파이어들이 인간의 피를 마시는 것은 영양분 섭취를 위해서잖아요? 왜 진실을 왜곡하는 거죠?"

파스칼은 당혹한 표정을 지었다.

"민주의 지적을 결코 부정하지는 않아. 하지만, 단순히 영양분 섭취를 위해서였다면 우리는 좋은 음식과 영양제로 얼마든지 인간의 피를 대체할 수 있었어. 굳이 수천 년 전부터 인간의 피를 주로 탐한 것은 인간만이 우리의 결핍을 채워줄 수 있고, 또 우리만이 영원불멸의 존재를 향한 인간의 갈망을 충족시켜줄 수 있다고 봤기 때문이야. 물론 민주의 말에도 일리가 있어. 바로, 민주가 제기한 그러한 문제의식 때문에 나와 니콜라, 셸린은 오래전부터 인간과 뱀파이어를 좀 더 대등하고, 상생적인 관계로 만들기 위해 고민하고 토론해왔어. 그 결과물이 지난번에 내가 너에게 건넨 '망원동 선언'이야. 아마 꼼꼼히 읽고 다 암기했을 것으로 생각해. 인간과 뱀파이어의 인류애적 교감은 꼭 피와 DNA를 나누는 것만으로 실현되는 것은 아니야. 우리의 참다운 인류애는 우리와 더불어 사는 인간사회에 도움이 되고, 양측이 하나 되도록 노력할 때 실현된다고 우리는 생각했어. 불행하게도 우리의 개체 수는 한계에 달했고, 인간의 육체와 피도 예전처럼 맑지 않아서 우리에게 인식의 전환이 필요했던 거지. 더 이상 인간을 뱀파이어로 만들지 않고, 우리에게 필요한 영양분을 다른 음식과 영양제로 보충하기로 했어. 우리는 곳곳에서 너무 힘들고 지치고, 외로운 나머지 목숨을 내던지려는 숱한 청년들을 구해왔어. 너도 그중의 한 명이고…."

나는 파스칼의 말에 "하지만 난 당신이 깨물어서 뱀파이어가 되었어요!"라고 말하려 하다가, 나의 몸 상태가 아직 인간계에 더 가깝다고 말한 니콜라의 말이 생각나서 그만두었다.

파스칼은 갑자기 침울한 표정을 지었다.

"요즈음 몇 달 새에 인간계에서 스스로 목숨을 끊으려는 청년들이 너무 급증해서 걱정이야. 온 나라가 호들갑 떠는 코로나 바이러스의 사망자 수보다 자살자 수가 훨씬 더 많고, 무엇보다도 청년들의 자살이 급증한다는 것은 참으로 서글픈 일이야. 안타까운 것은 우리가 어렵게 자살 직전의 인간들을 구해내지만 이 인간들이 얼마 안 지나서 또 자살을 시도한다는 사실이야. 왜 그럴까? 우리의 설득력에 분명히 한계가 있기 때문일 거야. 우리가 불멸의 존재로서 시간의 흐름에 둔감하게 살면서, 인지하지 못한 사이에 인간계의 세대교체가 너무 급변하게 이뤄진 것 같아."

그는 나를 빤히 바라보면서 질문했다.

"민주, 혹시 MZ 세대라고 들어봤어?"

니콜라와 셀린은 내 입을 쳐다봤다.

"그런 건, 굳이 말 안 해도 될 상식이에요."

사실 나는 그런 용어에 관심이 없었지만 파스칼의 갑작스러운 질문에 그만 얼떨결에 대꾸했다.

그러나 파스칼은 고개를 끄덕이며 말을 이었다.

"우리는 가장 고통받는 세대의 인간들과 마주하고 있어. 하루가 멀다 하고 젊은 인간들이 이 세상과 작별하려 하고 있어. 우리가 밤새 이들을 찾아 구하지 않는다면, 자살자 수는 어마어마한 규모로 증가할 거야. 우리가 사는 이곳 한국은 자살의 챔피언 국가이기도 해. 하루 평균 37명이라는 게 말이나 돼? 안타까운 것은 민주 같은 아직 피어보지도 못한 10대와 20대 젊은이들이 하루에도 10여 명씩 자살로 생을 마감한다는 기야."

파스칼은 갑자기 나를 바라보며 물었다.

"네가 뛰어내린 양화대교는 다른 다리들에 비해 난간이 훨씬 낮지만, 자살자 수가 현저히 적은 편이야. 왜 그런지 짐작이 가?"

"글쎄요…."

"그건 우리가 거의 모두 구해내기 때문이야. 그런데 한 가지 심각한 문제가 있어."

파스칼의 눈빛에 비장함이 느껴졌다.

"우리가 신속하게 자살 시도자들을 구해내지만, 이들의 자살 의지가 꺾이지 않는다는 거야. 인근 마포대교에서의 자살자 수가 많은 것은 우리를 피해 상처받은 청년들이 그쪽으로 간 탓일 거야. 나와 셀린, 니콜라가 오늘 시험공부에 바쁜 너를 부른 이유는 지치고 위기에 처한 청년들을 구할 설득의 논리를 함께 찾고 싶어서야. 아직 인간계의 경계에 서 있는 너의 능력을 통해서 말이야."

나는 파스칼의 빛나는 눈동자를 바라보며, 마음속으로 생각했다. 내게 그러한 능력이 있을까?

잠시 휴식시간을 가진 뒤, 파스칼은 엄숙한 표정을 지으며 회의를 계속 이어갔다.

"니콜라! 지난번 회의에서 우리가 신속대응팀을 구성했

잖아. 그때 논의한 포르피린증 치료제 수급이 어떻게 돼가고 있는지 궁금해. 니콜라가 슈타인 박사, 민주와 함께 셋이서 치료제 수급을 책임진 거로 알고 있는데…."

니콜라가 막 얘기를 하려는데, 검은 선글라스를 착용한 단발머리 아저씨가 문을 열고 숨을 헐떡이며 들어왔다. 지난번에 포르피린증에 대해 열변을 토한 슈타인이었다.

"좀 늦었습니다. 강 너머에 다녀오면 항상 차가 막히는군요. 포르피린증 치료제를 사재기했을 법한 대형 병원 3곳은 파라다이스 병원, 라이프 병원, 채 병원입니다. 특히 채 병원은 꽤 오래전부터 비밀리에 불임 환자를 위한 인공 자궁센터를 운영해온 전문 산부인과인데, 왜 포르피린증 치료제가 필요한지 의문입니다. 제가 인간계 당시의 숨은 실력을 발휘하여 병원 구매팀 컴퓨터를 해킹해서 알아낸 정보입니다. 오늘은 이 병원들을 방문해 창고 건물의 출입문과 방범 시스템을 살펴보고 왔습니다."

슈타인 박사의 말을 듣고 있던 파스칼이 나를 향해 쳐다보자 나는 얼떨결에 말했다.

"사전 답사를 제가 가야 했는데, 좀 바빠서 그곳에 가질 못했어요. 시험도 봐야 하고…. 내일이면 시험도 끝나니까 인제든지 디데이를 잡아주면 바로 행동할게요."

주뼛주뼛 변명하는 나를 보더니, 파스칼은 즐거운 표정을 지었다.

"굿. 뭔가 하려는 자세가 중요하다고 생각해요. 니콜라는 디데이를 잡으면 얘기해줘요. 차량지원과 충분한 창고 확보가 필요할 듯싶어요."

이날 오후 7시에 시작된 회의는 10시쯤 끝났다. 니콜라가 나를 집에까지 데려다주려 그의 딱정벌레차에 시동을 걸었지만, 나는 "그냥 걷고 싶다"라고 말했다.

나는 파스칼의 아지트에서 나와, 당인리 발전소 앞의 벚꽃 거리를 천천히 걸었다.

젊은 연인들은 흐드러진 벚꽃을 배경으로 셀카를 찍으며 뭐가 그리 좋은지 키득거렸다.

골목길을 나와, 절두산에 있는 성당 옆으로 난 한강변 길로 향하는데, 갑작스러운 강바람의 소용돌이에 꽃잎들이 뚝뚝 떨어지며 바람결에 휘날렸다. 하얀 꽃잎들이 머리카락 위로 내려앉았지만, 나는 그대로 내버려 두었다. 누에의 머리처럼 생긴 잠두봉 언덕에 자리한 성당의 십자가는 조명을 밝히지 않았는데도 때마침 둥그렇게 부풀어 오른 보름달과 함께 멋진 흑백의 조화를 이루고 있었다. 지붕 꼭대기에 빨간 조명의 거대한 십자가를 2개나 매달아 마치 무덤을 연상시키는 우리 동네 교회와는 달리, 소박하고 경건한 느낌을 주었다. 저녁 예배가 이제 막 끝났는지 사람들이 삼삼오오 눈에 띄었다. 성당 옆의 성지 곁을 지나는데도 전혀 무섭지 않았다. 나는 멀리 한강이 내려다보이는 벤치에 앉아 주위를 살피면서 담배를 꺼내 물었다. 다행히 사람들은 내게 관심을 두지 않았다. 휴대폰을 꺼내 네이버 백과사전에서 절두산 순교성지를 찾아보았다.

'조선조 말 대원군의 천주교 박해로 9명의 선교사가 순교하자 1866년 1월에 프랑스군이 천주교 탄압을 문제 삼아 한강을 거슬러 양화진과 서강까지 진입하는 사태가 발생했고, 이에 격분한 대원군이 잠두봉에서 수많은 천주교인의 머리를 베었다. 이후 잠두봉은 머리를 잘랐다는 의미의 절두산이라는 명칭을 얻게 되었다.'

절두산의 끔찍한 내력을 알았는데도 무서움보다는 성스러움이 느껴졌나. 내가 믿는 신을 위해 칼날에 목을 기꺼이 내놓을 수 있는 용기는 대체 어디서 나오는 걸까? 아니, 신은 대체 어떤 의미가 있기에 인간은 자신의 목숨보다 더 중요하게 생각하는 걸까?

성당이나 교회, 절에 가면 나 자신도 모르게 어떤 성스러운 기운을 느끼는 이유를 딱히 설명할 순 없지만, 지금 이 순간 그러한 기분이 들었다.

하지만 전혀 얼굴을 보지 못한 신을 위해 사랑하는 엄마와 아담을 뒤로하고, 내 목숨을 버리고 싶은 생각은 들지 않았다. 담배를 피우다가 왠지 성스러운 신에 대한 모독 행위 같은 느낌이 들어서 나는 한 모금 힘껏 빨고서 꽁초를 발로 짓이겼다. 습관대로라면, 흡연 뒤에 가래침을 뱉어야 했지만 꾹 참았다.

'엄마가 쉬는 날에 여기에 같이 와야겠어. 이곳에 오면 신의 은혜를 많이 받을 수 있을 것 같아….'

자리를 털고 일어나, 가까이 내려다보이는 양화대교까지 걸어갈 요량으로 한강 변으로 나갔다. 머리카락과 목을 간질이는 봄바람의 느낌이 너무 좋아 두 손을 들어 허공을 안아보았다. 자전거를 타던 사람이 고개를 돌려 나에게 손을 흔들며 지나쳤다. 이런 늦은 시간까지 산책하거나 운동하는 사람이 이렇게 많은 줄 몰랐다. 이 생각 저 생각을 하며 양화대

푸른 사과의 비밀

교로 올라오니 내 뒤에서 은은한 레몬 향이 느껴졌다.

빵. 빵.

니콜라의 딱정벌레차였다.

"내일 시험 아니니? 무려 한 시간이나 배회했네, 불량스럽게…."

니콜라는 창문을 열고서 내게 핀잔을 주며 얼른 차에 타라고 손짓했다.

휴대폰을 꺼내 시간을 보니 11시가 넘었다. 나는 차에 오르며 입을 열었다.

"전혀 불량스럽지 않거든요. 어차피 꿈속에서 공부할 거고, 또 아저씨가 도와줄 거 아니에요?"

"재미 들렸군. 꿈속에서도 공부해야 할 땐 집중해야지. 그리고 오늘 회의를 일찍 끝낸 것은 너의 많은 능력을 스스로 찾아볼 시간을 준 거야. 너의 뛰어난 능력을…."

"지금 장난하는 거예요? 제가 뭔 능력이 있다고? 능력과는 거리가 멀어요. 학교에서는 늘 야단맞고, 엄마한테는 항상 저 멍청이라는 말을 듣고…. 저는 능력 있는 것들을 싫어해요. 증오한다고요!"

"네가 멍청하다고? 그건 말도 안돼."

니콜라의 칭찬이 왠지 현실감이 없어보였다.

"제게 뛰어난 능력이 있다고요? 그냥 그건 꿈같은 얘기에요."

노골적으로 공부 잘하는 순서대로 학생들을 편 가르던 선생님들의 능글맞은 웃음과 내 성적표를 받고 한숨을 내쉬던 엄마의 굳은 얼굴이 떠올랐다. 엄마는 내가 사소한 실수로 학교에서 문제아로 낙인찍힌 걸 두고, 선생님 앞에서 아빠처럼 자식을 적극 지지하지 않고 오히려 나무랐다.

내가 자율학습 시간에 웹소설을 읽었다거나, 치마를 살짝 올려 입었다거나, 츄리닝을 입고 등교를 했다거나, 또는 선생님 화장실 청소를 외면했다거나, 수업시간에 창밖의 낙엽을 보다가 수업을 집중 못했을 때 담임 선생님은 어김없이 나를 꾸짖고, 어떤 경우에는 엄마를 불렀다. 참다못한 엄마는 나를 꾸짖고, 내가 혹시 주의력결핍 과잉행동장애(ADHD)가 아닐까 싶어 집근처 정신의학과에 나를 데려가 상담을 받게 했다. 하지만 그곳 의사선생님이 보호자에 대한 심리상담이 우선이라며 엄마를 상담하려 하자, 엄마는 간호사가 건네준 문진표를 찢어버리고 병원문을 박차고 나갔다. 그후 엄마는 나를 친딸이 아닌 이웃집 아이로 보는 듯 했다. 평소처럼 학교에서의 소소한 말썽에도 개의치 않고, 친구와

노느라 귀가가 조금 늦어도 대수롭지 않게 여겼다.

나는 엄마가 내게 하고 싶은 말들을 애써 참고 있다는 걸 알 수 있었다. 엄마와 나의 평화적 관계는 나의 삶에 대한 엄마의 양보 또는 포기에서 비롯되었으나, 가끔씩 엄마의 구박과 잔소리가 그리웠다. 잠시 과거를 떠올리는데 니콜라가 말을 꺼냈다.

"듣고 보니 그러네. 왜 파스칼은 너를 능력자라고 말한 거지?"

"눈이 삔 거죠. 좋아하면 콩깍지가 낀다는 말도 몰라요? 400살이나 차이나는 다른 남자의 여자를 좋아하는 비극적인 밤의 드라큘라처럼, 뱀파이어 아저씨가 저를 좋아하면 곤란하지 않을까요? 전 아직 고등학생인데….."

"설마 파스칼이?"

"아저씨도 저를 좋아해요?"

"물론 좋아하지, 너의 이런 모습을."

"저 좋아하지 마세요. 심란해서 매우 피곤해요. 그리고 능력자를 찾을 거면 다른 데서 찾아봐요."

나는 어이없어하는 니콜라의 '허허' 웃음소리를 들으며, 한 가지 궁금한 게 떠올랐다.

"아저씨들은 나이가 몇 살이나 돼요?"

"우리에겐 나이가 없단다."

"말도 안 돼요. 모든 생명체에는 나이가 있기 마련이잖아요."

"네가 이해할지 모르겠지만, 생물 시간에 배운 출아법이라고 기억나니?"

"생물 시간만 되면 졸아서 기억 안 나요."

"그럼 복습한다고 생각해. 내일 시험에 나올지도 몰라. 혹시 들어봤니? 화분에 키우는 행운목 같은 식물이나 히드라 같은 해양생물에서 자신의 몸 일부를 떼어 새로운 개체를 만드는 무성생식에 관한 이야기 말이야. 우리 뱀파이어들은 우리의 몸 일부를 인간에게 주입해서 새로운 뱀파이어를 재탄생시키기 때문에 서로의 나이를 따지기가 쉽지 않아. 어쩌면, 나이가 의미 없게 되는 거지."

나이가 의미를 갖지 않는다면, 뱀파이어들 중에 왜 누구는 젊고, 누구는 늙게 보이는 걸까. 내가 물었다.

"왜 파스칼과 니콜라는 청년처럼 머리숱이 많고, 쇼브는 나이든 대머리가 된 거죠?"

"그것은 뱀파이어가 된 시점의 외모가 거의 결정적이기 때문이지. 젊었을 때 뱀파이어가 되면, 평생 젊은 모습으로, 나이 먹어 변태되었으면 평생 그 모습으로…."

푸른 사과의 비밀

"시간의 흐름이라는 게 있는데도요? 암튼, 설명을 잘 못하시는 건지, 이해가 잘 안 돼요."

"하하, 차차 알게 될 거야."

"그럼, 니콜라 아저씨는 언제 뱀파이어가 된 거죠?"

"호기심 많은 아가씨. 파스칼과 나, 셀린이 인간계를 떠난 것은 250년 전이야. 인간계의 시간으로 보면 아주 오래전의 일이지만 아직도 기억이 생생하군."

"몇 살 때요?"

"민주에게 보이는 그대로지. 아마도 파스칼은 31살, 나와 셀린은 모두 27살."

"아하! 그러니까 뱀파이어 직전의 나이가 평생 이어지는 군요."

"그런 셈이지."

"그럼 전 19살의 나이로 계속 남게 되는 건가요?"

"네가 뱀파이어로 완벽하게 변태된다면 가능한 일이지."

"와우!"

나는 영원히 늙지 않는 사실이 놀라웠지만, 한편으로는 엄마와 아담의 늙은 모습이 갑자기 떠올라서 슬픈 생각이 들었다.

"하지만 실망스럽네요. 전 그냥 나이 먹는 대로 늙을래요."

"왜? 영원히 늙지 않는다는 게 얼마나 좋은 일인데…."

"뱀파이어계에서는 왜 시간의 흐름이 멈추는 거죠?"

니콜라는 잠시 호흡을 가다듬고서 나의 눈을 똑바로 응시하면서 말을 꺼냈다.

"잘 들어. 네게는 좀 어려운 내용이야. 원래 시간은 생명체마다 다르게 흐르게 되어 있어. 인간의 수명과 강아지의 수명, 그리고 하루살이의 수명이 다르듯이 모든 생명체에게 주어진 시간의 양과 그 흐름의 속도는 서로 다른 거지."

나는 그의 말이 알쏭달쏭하여 눈만 껌벅거렸다.

"그래서요?"

"그러니까 하루살이의 수명은 극히 짧지만, 그 하루 동안에 탄생과 유아기, 청년기, 성년기, 노년기 그리고 늙음과 죽음이라는 압축된 삶의 과정을 겪게 되는 거지."

"그래서 하루살이라 불리잖아요. 또 그게 운명이고요. 하루살이는 하루를 사는 거고, 우리 인간은 100살까지 거뜬하게 사는 거고요. 뭐가 이상하다는 거죠?"

니콜라는 잠시 눈을 감았다. 어떻게 설명해야 내가 이해할 수 있을까 고민되는지, 그는 머리를 좌우로 흔들었다.

"그러니까 인간의 시간도 많게는 100년 동안 탄생과 유아

푸른 사과의 비밀

기, 청년기, 성년기, 노년기 그리고 늙음과 죽음의 과정을 겪게 되지만, 뱀파이어적 관점에서 보자면 그것 역시 하루살이 같은 거지. 뱀파이어계에서는 시간의 흐름이 아주 더디어서 마치 멈춰 선 것 같거든."

"아하, 그래서 늙지 않는다는 거군요."

"지구별, 아니 저 광활한 우주에도 영원한 건 없어. 불멸할 것만 같던 바위가 깎여 돌멩이가 되고, 돌멩이도 모래가 되고, 모래가 흙이 되고, 흙이 먼지가 되고, 먼지가 미세 먼지가 되어 사라지듯이, 언젠가는 우리 뱀파이어도 사라질 거야. 다만, 시간의 흐름이 아주 더딜 뿐이지. 이제 이해되니?"

"쉽게 이해될 수 있는 이야기인데, 니콜라가 좀 어렵게 설명했어요. 그러니까 생명체마다 시간이 다르게 흐른다는 거잖아요."

니콜라는 "하하" 웃음을 지으며 말을 계속했다.

"맞아. 프랑스 앙리 베르그송은 사람마다 시간이 다르게 흐르는 걸로 이해하고, 이를 카이로스라고 했어. 내 생각에는 모든 생명체들에게 시간은 다르게 흐르는 것 같아. 쉽게 말하면 인간들 역시 삶의 시간이 저마다 다르게 흐르기 마련이야."

"그렇다면 100세 시대인 지금, 제가 19세의 삶을 마쳤다면 시간이 무척 빨리 흘렀다는 얘기네요."

니콜라는 잠시 고민하는 표정을 지으며 고개를 끄덕였다.

"하지만 짧은 생애의 삶이든 오랜 생애의 삶이든 모두 그 나름의 숭고한 가치를 갖고 있어. 삶의 시간이 짧으면 짧은 대로 의미를 갖고 있고, 길면 긴 대로 그 나름의 의미를 지니기 마련이지."

몇 년 전, 마흔 살을 갓 넘어 세상을 떠난 아버지의 시간은 어떤 속도로 흘렀을까. 아마 빠른 속도였겠지만 장수한 사람 못지않게 의미 있게 흘렀을 것이라는 생각이 들었다.

니콜라는 안타까운 표정을 지으며 말을 계속했다.

"하지만 생활의 편의를 위해 모든 게 규격화한 현대사회로 오면서 시간이 통일된 거야. 우리가 흔히 기준으로 삼고 있는 크로노스적 시간의 시대가 된 셈이야."

나는 철학자를 들먹이는 그의 말을 듣다가 살짝 심술이 났다.

"그러니까 뱀파이어들은 시간의 흐름을 초월한다는 얘기네요. 마치 신의 아류처럼 말이에요."

"신의 아류라니? 좀 듣기에 민망스럽네. 민주도 뱀파이어로 변태 되면 19살의 동안을 유지면서 영원불변의 삶을 누릴 텐데…

나는 니콜라의 말에 괜히 토를 달고 싶어졌다.

"나만 늙지 않으면 뭐해요? 엄마랑 아담이 팍삭 늙어 꼬부랑이가 되면 얼마나 슬픈 일이에요. 엄마와 아담의 목을 깨물 수도 없고…. 그런데 어떻게 하다가 니콜라는 뱀파이어가 된 거예요?"

나는 호기심이 충족될 때까지 계속 물었다.

"사연이 얼마나 복잡한데, 그걸 어떻게 지금 다 말해? 그리고 내일이 시험이지 않아? 파스칼이 내준 숙제에 대해 생각도 해야 하고…."

파스칼 일행이 왜 합정동 절두산 기슭의 낡은 빌라 반지하에서 사는지 물을까 하다가 말을 바꾸었다.

"저의 능력에 관한 얘기인데요. 제가 정말로 능력이 있다고 생각해요? 어제 시험도 아저씨들이 도와줘서 잘 본 것 같기도 하고…."

"그건 네가 우리의 촉매작용에 대한 뛰어난 감응력을 갖고 있기 때문이야. 우리가 인간들의 잠재의식을 극대화해서 능력을 최대치로 끌어올리려 해도, 그걸 너처럼 받아들일 수 있는 인간은 극히 드물어."

얼마 전 꿈속에서 파스칼이 찾아와, 내게 감응자기력이 풍부하다고 말한 게 희미하게 떠올랐다.

"그럼, 꿈속에서 공부해서 시험 잘 본 것이 제 능력의 일부라는 건가요? 말도 안 돼!"

"대부분 사람은 자신이 꾼 꿈의 내용을 정확히 기억하지 못하지. 꿈속에서 어려운 수학 문제를 풀고 글을 멋지게 쓰지만, 깨어나면 뭘 했는지 기억을 못 하지. 더러 꿈속에서 본 숫자들을 기억해서 로또복권에 당첨되었다는 인간들이 나타나지만 사실은 모두가 우리의 촉매작용이 없이는 이뤄질 수 없는 일들이지."

"그럼 로또 같은 거나 알려주시지…. 근데 저의 어떤 능력이 필요한 거죠?"

"솔직히 너의 잠재력이 중요해. 아직 너 자신도 너의 능력이 무엇인지 잘 모르겠지만 우리 뱀파이어들은 너의 숨겨진 능력을 잘 알거든."

"사이비 점쟁이가 따로 없네요. 저는 암기력과 이해력, 판단력이 떨어지고 더욱이 심한 결정 장애자이거든요. 엄마가 심부름을 시키면 잘 시작하다가도 도중에 친구를 만나 놀다 보면 뭘 해야 할지 몰라 까먹은 적이 한두 번이 아니에요."

"우리가 주목하는 것은 너의 그런 공감 능력이야. 친한 친구를 만나 앞뒤 재지 않고 진심으로 대할 수 있다는 건 아무나 할 수 있는 일이 아니거든."

푸른 사과의 비밀

"잘 이해가 안 돼요!"

"차차 네 능력을 알게 될 거야."

나는 어이없어하는 표정을 지으며, 피식 웃었다.

니콜라는 일부러 차를 천천히 운전했다.

양화대교에서 내가 사는 푸른 아파트까지 자동차로 10분이면 도착할 수 있는 거리가 거의 30분이나 걸렸다. 니콜라는 아파트 입구에 나를 내려 주고서 "안녕"이라는 말이 끝나기가 무섭게 차를 몰고서 순식간에 사라졌다.

현관문을 열고서 벽시계를 보니, 초침이 오른쪽으로 한 칸 움직이면서 시침과 분침과 초침이 모두 12시를 가리키는 순간이었다. 다행히 날을 넘기지는 않았다.

TV를 훤히 켜놓은 채 엄마는 소파에 누워 곤히 잠들어 있었다. 아담은 엄마의 품 안에서 슬그머니 빠져나와 꼬리를 마구 흔들며 내게 반가움을 표했다. 엄마가 깰까 봐 컹컹 소리를 내지 않는 것 같았다. 기특한 녀석.

나는 냉장고에서 닭가슴살을 찢어 아담에게 던져주고, 겉옷을 벗자마자 욕실로 가서 욕조에 몸을 담갔다. 이어 침대에 누운 나는 어제처럼 레몬 향이 나는 목걸이의 하트 방울을 만지작거리며 파스칼의 아지트에서 출발해 절두산 성당, 양화대교, 그리고 니콜라의 딱정벌레차까지 영화의 한 장면처럼 떠올리다가 어느새 잠이 들었다.

니콜라는 내게 어제처럼 '베스트 오브 베스트'같은 시험문제 요약 책자를 주지 않고, 이상한 설문지를 주면서 체크해보라고 했다.

나는 조금 짜증 섞인 말을 내뱉었다.

"저녁 시간 내내, 아저씨들 만나느라 힘들었어요. 내일 시험을 잘 치르게 도와주실 거라고 믿으며 밤새워 공부하려고 일찍 잠들었는데 이게 뭐예요?"

"걱정하지 마! 이건 본격적인 공부에 들어가기에 앞서 너의 뇌세포를 활성화하는 준비 운동이야. 긴장하지 말고."

"모든 시험은 긴장하기 마련이에요."

"그럼, 긴장을 좀 하고 문제를 풀어 봐. 이건 미국 〈뉴욕타임스〉의 기사 '야근이 사라지는 문제해결의 기술'에서 나온 테스트를 응용한 문제야."

"요즘 미국이 얼마나 신뢰를 잃고 있는데요?"

"그건 국제정치에서고."

"그거나 이거나…."

푸른 사과의 비밀

미국에 한 번도 가보진 않았으나 니콜라의 미국이라는 말에 호기심이 생겼다.

그에게서 설문지를 받자마자 순식간에 답을 적었다.

설 문 지

※ 선택하는 답에 V표시로 체크해 주시기 바랍니다.

1. 얼마나 많은 전화번호를 기억하는가?
ⓐ 부모님, 남자 친구, 119
ⓑ 남자 친구 번호도 모를지도

2. 불안함의 시작은?
ⓐ 사회생활부터
ⓑ 학교생활부터

3. 정치, 사회 이슈를 접하는 경로는?
ⓐ 뉴스, 포털사이트
ⓑ 카드뉴스, 유튜브

4. 공부하다가 모르면?
ⓐ 선생님에게 물어본다
ⓑ 검색한다

---

5. 노란 상자 커피 브랜드는 누구에게 어울리나?

ⓐ 이나영, 안성기

ⓑ 노란 상자 커피라니?

6. 8시에 친구 집에서 약속이 있다?

ⓐ 8시에 도착한다

ⓑ 가면서 어디쯤인지 계속 연락한다

7. 사주팔자 vs 빅데이터

ⓐ 사주팔자가 통계학이다

ⓑ 빅데이터가 통계학이다

8. 어디에서 인기 영화를 봤나?

ⓐ 극장

ⓑ 스트리밍 서비스

9. 가수 조성모의 테이프나 CD를 산 적 있나?

ⓐ YES

ⓑ WHO?

10. '개좋아'에 대한 느낌은?

ⓐ 내가 쓰지는 못하겠다

ⓑ 적절한 감탄사다

11. 100만 원이 생긴다면?

ⓐ 은행 창구로 간다

ⓑ 뭔 저금? 그냥 사고 싶은 걸 산다

12. 키보드 타자는 어디서 배웠나?
    ⓐ 학교 or 학원
    ⓑ 그냥 했던 것 같다

13. 술집 앞에서의 흡연은?
    ⓐ 사람들과 어울리는 시간
    ⓑ 으, 별로다

14. 구독하거나 보는 잡지 수는?
    ⓐ 1~3개
    ⓑ 0개. 대신 SNS를 팔로우한다

15. 이 테스트를 하면서 어땠는가?
    ⓐ 늙었을까 걱정됐다
    ⓑ 다른 누군가가 떠올랐다

♣ 지금까지 설문지 작성에 응해 주셔서 감사합니다. ♣

니콜라는 왜 이런 웃기지도 않는 설문지를 주느냐고 묻는 나의 질문에 "파스칼의 지시"라며 미소 지었다. 그리고 결과를 알려주었다.

"우리의 예측내로, 니는 뉴 밀레니얼 제너레이션, 즉 MZ

세대*야. 너는 우리 뱀파이어에게 부족한 시대적 감수성을 잘 이끌어 줄 거라고 믿어. 우리의 과업에 대해 새로운 아이디어를 거침없이 이야기하고, 빠른 실행력과 추진력을 보여줄 거라고 기대돼. 우리가 힘을 합하면 이 세상은 더욱 빛을 발할 거야. 파스칼이 이 조사 결과를 들으면 무척 기뻐할 거야."

"헉, 별생각 없이 답을 적은 건데…. 아저씨들도 이거 해봤어요?"

"알다시피, 이 질문들의 정답은 따로 없어. ⓑ라는 답이 많을수록 밀레니얼 세대에 더 가까운 셈이지. 넌 15개 문항에 모두 ⓑ라고 답했어. 다만, 우리 중에 가장 젊은 감각의 소유자는 셀린이지만, 기껏해야 Y세대야. 그렇게 시대적 감수성을 키우려 노력했는데도 말이야.

"Y세대가 뭔데요?"

"예를 들면, 자살 직전의 청춘을 구해놓고선 위로한답시고 '아프니까 청춘이다'라는 시대착오적 글귀를 인용한다든지, 또 '아프면 환자지 청춘이냐'라는 식의 언어도단을 말하는 이들이지. 노력하면 이들이 MZ세대의 청년층과 어울릴 수 있다고는 하지만, 내가 보기엔 역시 구제 불능이야."

"그럼 나머지는 어디에 해당하는 거죠?"

"불행하게도, 답이 없는 'X세대'인 거지. 그래서 너에게 도움을 청하는 거야."

"저도 제 결과가 놀랍고, 아저씨들의 결과에 놀랍기도 하고요."

"자, 이제 나는 사라질 테니까 내일 시험공부 열심히 하길 바라."

"오늘은 제 공부를 테스트 안 하시나요?"

"여기 답안지도 놓고 갈게. 혼자 공부하고 문제 풀이까지도 할 수 있을 거야. 시험지 받으면 꼭 이름 쓰는 거 잊지 말고…."

니콜라는 카메라의 줌아웃처럼 희미하게 사라졌다.

그가 건네준 요약집에는 내일 시험 볼 과목이 순서대로 잘 정리되어 있었다.

우선 한 줄씩 정독하다 보니, 요약집인데도 무려 한 시간이나 걸렸다. 두 번째는 30분, 세 번째는 20분, 마침내 문제를 다 풀고 나니 아침 8시였다.

저 멀리 희미하게 "밥 먹어!"라는 엄마의 소리가 들리고, 아담이 달려와서 "컹컹"대며 내 입술을 훔쳤다. 나는 깜짝 놀라서 일어났다.

"요 녀석, 지훈이도 허락받지 못한 내 입술을 네가 어떻게!"

아담을 안아서 침대에 눕히며 간지럼을 태우다가 "학교 늦겠다"라는 엄마의 말을 듣고, 이럴 때가 아니라는 생각이 들어 서두르기 시작했다.

급히 고양이 세수를 하고 주섬주섬 옷을 챙겨 입은 나는 밥을 세 숟가락 떠먹고서 우유를 챙겨 나갔다.

예상대로 시험문제는 꿈속에 나온 그대로였다. 아무래도 1등 할 것만 같아, 왠지 걱정되었다.

담임의 간단한 조회가 끝나고, 오전 세 과목, 점심, 오후 세 과목의 시험이 이어졌는데, 나의 문제 푸는 속도가 너무 빨라서 답안을 제출한 뒤 애꿎은 손톱만 날카로운 송곳니로 하릴없이 물어뜯었다. 송곳니 상태가 궁금해 손가락을 입안에 넣을까 하다가 의사 선생님이 절대 손으로 치아를 만지지 말라고 말한 사실이 떠올라 그만두었다.

다른 친구들이 문제를 푸는 동안 나는 심심함을 참지 못해 꿈속에서 푼 설문조사를 떠올려 봤다. 1번이었던가, 2번이었던가? 불안함의 시작이 어디냐고 묻는 말에 학교생활부터라고 답한 것 같았다. 그래, 맞아. 나의 불안함은 학교생활에서 시작된 거였어.

나의 숨겨진 재능과 능력을 발휘하지 못하고 늘 뒤에 처져서 딴짓에 몰두한 것은 이놈의 학교생활이 불안하고 불편했기 때문이야.

아빠의 분노

중간고사가 모두 끝나서 모처럼 자유로운 시간이 주어졌다. 코로나 바이러스의 위험성이 현격하게 줄었으나 확진자 수는 오히려 급증해 수업이 끝나면 집으로 직행해야 했다. 나는 밖에 나가지 않고 거실에서 빈둥거리며 나의 숨겨진 능력을 발견하고자 고민했다.

파스칼이 나를 과대평가한 것이 부담스러웠다.

하긴, 내가 이번 중간고사에 1등 하면 발칵 뒤집히며 모두 나를 다른 시선으로 바라보겠지.

하지만 솔직히 말해 그건 내 실력이 아니지 않은가? 그래도 등수로 사람의 능력을 평가하잖아. 1등만 하면, 뭐든지 용서가 되잖아. 내가 1등만 하면 지금까지의 나는 사라지고 새로운 나의 모습이 형성되겠지.

담임선생님은 나를 우등생으로 분류해 특별 관리할 것이고 친구들은 나를 멋진 절친으로 인정할 것이며, 엄마는 나를 "그래 처음부터 네가 해낼 줄 알았어"라며 새삼스러운 감탄을 연발하겠지. 오로지 아담만이 변함없이 나에게 간식을 달라며 꼬리를 흔들어댈 것이다.

나로서는 두 번 다시 기억하고 싶지 않은 서글픈 일이지만, 작년 2학년 2학기 회장 선거에서 나는 70%의 높은 득표율로 당선되었다. 하지만 담임선생님은 1학기 때 내 성적이 꼴찌에 가까웠고, 복장 단속에서 걸린 적이 있다는 이유로 나를 제치고 2위 득표자인 수빈을 다시 뽑지 않았었다.

얄밉게도 수빈이는 공부 1등에 회장까지 거머쥐어 온몸에 자긍심이 넘쳤다. 물론 담임이 학생들에게 이해를 구하긴 했지만 이는 명백히 1등만 기억하는 세상의 한 단면이었다! 하지만 난 억울해하지 않았다. 처음부터 회장할 생각이 없었는데도 친구들에게 떠밀려 입후보를 했고 떠밀려서 1위를 했기 때문이다. 어쩌면 동성애 문제로 무기정학을 당한 지훈이 만약에 1등을 했더라면, "취향이 기이한 문제아"가 아니라 "우정이 너무 각별한 순진남"으로 포장되었을지도 모를 일이다.

엄마는 종종 막걸리를 마시고 얼큰하게 취해 혀 꼬부라진 목소리로 내게 주정을 부렸다.

"난 정말 네가 천재인 줄 알았어. 남들보다 훨씬 빨리 뒤집기와 옹알이를 했고, 3살에 숫자를 100까지 셀 줄 알았어. 엄마 아빠의 눈 코 입을 정확히 그렸고, 음악이 나오면 탬버린을 아주 잘 흔들었지. 그런데 어렸을 적에 뭐든지 잘했던 네가 왜 이렇게 바보가 됐는지 모르겠어."

엄마는 나의 기분 같은 건 개의치 않았다. 내가 멘탈이 강해 엄마의 정신적 학대를 견뎌냈지, 만약 유리 멘탈이었다면 진작 강물에 뛰어내렸을 것이다.

"민주야, 넌 아무래도 아빠의 나쁜 머리를 닮은 것 같아. 엄마는 못 배워서 지금은 요 모양 요 꼴이지만 그래도 어렸을 적엔 천재로 통했어."

나는 엄마의 속 보이는 농담에 웃음이 나왔지만 늘 웃지 않으려고 입을 꾹 닫았다. 돌이켜보면, 내 머리가 나쁘다는 엄마의 말이 맞는 것 같기도 했다.

엄마는 나를 포기하지 않고 학원에 끌고 다니며 피아노, 바이올린, 미술, 수영, 영어, 논술 심지어 드럼까지 배우게 했으나 나는 제대로 할 줄 아는 게 없었다. 모든 학원 수업에서 어느 것 하나 특별한 능력을 발휘하지 못했고 그저 고만고만한 실력을 보여주었을 뿐이었다.

결국, 엄마는 포기하며, 내게 그냥 "네 멋대로 살아"라고

푸른 사과의 비밀

말했다.

나는 무던히도 엄마를 실망시켰다. 나도 뭐든 잘하고 싶었지만, 그게 내 맘대로 잘되지 않았다. 중학교에 올라가선 학교생활에 꽤 스트레스를 받았다. 작심하고 학원을 안 빠지고 잘 다녔지만 수학 성적은 20점 안팎이었다.

영어와 국어는 그런대로 공부할 만했지만 과학과 도덕은 아무리 생각해도 흥미가 생기지 않았다. 내겐 전혀 현실감이 없는 과목들이었다.

아빠는 내가 1학년 때 수학 18점을 받은 성적표를 보더니, "그냥 찍어도 25점은 받는 거 아니냐"라고 핀잔을 주며 시험문제를 보여 달라고 했다.

나는 부끄럽게 시험지를 꺼냈다. 아빠는 1번부터 막히는지 고개를 갸우뚱거리며 수학 선생에게 난데없이 욕설을 퍼부었다.

"이런 걸 중학생 시험문제라고 내다니…. 이거 완전히 미친 선생이네. 이건 대학생들도 풀기 힘든 문제야. 아마 선생도 못 풀걸? 반 평균 점수는 얼마냐?"

"28점."

"그러면 그렇지. 이런 걸 누가 풀어!"

수학시험은 4지 선다형이 아니어서 답을 찍을 수도 없었다. 4지 선다형은 답을 찍어 운 좋으면 30~40점, 운 나쁘면 10~20점, 평균적으론 25점일 텐데 주관식은 자칫 빵점이 나올 수도 있었다. 아빠는 상황을 파악한 뒤에 "이건 너희들을 한 줄로 세우려는 폭력적 평가 방식이야. 고득점의 동점자들이 많이 나오면 평가하기가 곤란해지거든. 네 잘못도 아니고, 네 머리 탓도 아니야"라며 나를 감싸주었다.

"아빠, 그런데 이런 어려운 시험을 90점 이상 많은 아이도 있어."

"어떻게?"

"그 애들은 고액과외나 일타 선생님의 강의를 듣거든."

"그건 미친 애들이야. 하긴, 부모들이 더 미친 거겠지."

사실 아빠 말이 옳았다. 미치지 않고서야 친구가 아파도, 전학을 가도, 아파트에서 뛰어내려도 눈 하나 꿈쩍 안 하며 부동자세로 성적에만 매달릴 순 없었을 것이다.

1학년 2학기 때 나는 교과서 제목을 화이트로 지우고 낙서를 하여 도덕을 도둑으로, 과학을 마약으로 고쳤다가 담임에게 걸려 교실 청소를 1주일이나 해야 했다. 그때 먼지투성이의 내 모습을 본 아빠는 자초지종을 듣고서, "천지사방에 도둑놈들이 깔려있는데 민주 너라도 바르게 살거라"라며 용돈 2만 원을 쥐어 주었다.

2학년 무렵 담임선생님은 수업시간에 게임소설을 읽었다는 이유로, 엄마를 불러 내가 산만하고 주의력이 부족하다며 주의력결핍 과잉행동장애 (ADHD) 진단을 받게 했다.

    그러나 검사결과는 이상 무였다.

    엄마는 내게서 아무런 문제가 없다는 진단 결과서를 받아보고선, 괜히 시간과 돈만 날렸다고 푸념했다. 성적이 좋지 않으면 성실하기라도 해야 하는데 나는 선생님들의 눈에 성실과는 거리가 멀었다. 까딱하면 학교 밖 담벼락에서 담배 피우다가 걸리고, 편의점에서 친구랑 술 마시다가 걸리고, 게임을 하다가 걸리고…. 엄마와 아빠의 속을 꽤 썩였다.

    엄마는 돈이 없으면 내가 집에서 조신하게 보낼 줄 알고 몇 달째 용돈을 주지 않았지만, 난 전봇대나 담벼락에 전단을 붙이는 알바를 하며 변함없는 내 일상을 즐겼다.

    엄마는 담임의 잦은 호출에 지쳐 고등학교 1학년 때부터는 나를 포기했지만 아빠는 끝까지 나의 수호천사로 나섰다.

    1년 전, 아빠는 췌장암 3기로 병마와 싸우는 와중에도 나의 흡연 문제로 담임외 호출을 받고 학교에 와서 아빠다운 말을 거침없이 뱉어 담임을 놀라게 했다.

"저희 아이 문제로 선생님의 속을 썩여드려 면목이 없습니다."

"민주는 도대체 제가 어떻게 할 수 없는 학생입니다. 부모님께서 신경을 바짝 써 주셔야 하겠습니다."

"근데, 저희 민주가 주로 어떤 문제로 말썽을 부리나요?"

"담장 넘어 주택가에서 담배 피우다가 주민 신고를 받은 게 벌써 세 번째입니다."

"아, 이런! 그렇다고 신고까지?"

"주민들의 신고가 문제가 아니라, 학생이 주민들이 많이 오가는 골목길에서 흡연했다는 사실이 문제입니다. 앞으로 한 번만 더 적발되면 저도 어쩔 수 없습니다."

"어쩔 수 없다면요?"

"정학 조처가 내려질 겁니다."

"고작 담배 피운 것 갖고요?"

"네? 고작이라뇨? 아버님이 그렇게 생각하시면 곤란합니다."

"말이 나왔으니, 교무실에서 선생님들은 담배를 어디에서 피우시나요? 또 담배를 끊고 싶어도 그게 쉽지 않은 아이들을 위해 금연교육이나 심리상담을 해본 적이 있을까요?"

"네?"

"처벌만이 능사가 아니라는 겁니다!"

"뭐라고요?"

"선생님은 고딩 때 담배를 전혀 안 피우셨나요? 그럴 분 같진 않은데…. 왜 평범한 애를 문제아로 만드는지 모르겠어요. 학교에 흡연실을 설치하고, 금연교육과 정신상담을 병행하면 아이들이 밖에까지 나가 몰래 담배 피우며 주민들의 신고를 받을 일이 없을 텐데 말입니다."

"아버님이 너무 관대하시군요. 이러시면 민주가 진짜 문제아 됩니다."

"문제아라뇨? 선생님! 죄송하지만, 민주의 좋은 면을 좀 봐주시면 안 될까요?"

"솔직히 말해 좋은 면이 있어야죠? 저도 그러고 싶습니다."

"왜 좋은 면이 없을까요? 친구들과 싸운 일도 없고, 약한 애들을 괴롭힌 일도 없고, 부정행위를 한 일도 없으면 좋은 학생이 아닌가요?"

나는 선생님과 아빠의 신경전을 듣다가 화가 난 아빠가 담임에게 욕지거리를 할까 봐 가슴을 졸였다. 담임선생님은 아빠의 강한 자존심을 알 리가 없어 끝까지 양보하지 않았다.

아빠는 놀랍게도 차분하게 참을성을 보여주었지만, 눈빛에는 담임에 대한 경멸감으로 가득했다.

담임선생님은 아빠의 흡연실 설치 제의에 "별 이상한 아빠 다 보겠네" 하며, 어이없는 표정을 지었다. 나는 서로 신경전을 벌이는 두 사람에게 어찌할지 몰라서 머리를 조아리며, "선생님, 죄송합니다. 다음부턴 제가 조심하겠습니다."라고 말했다.

그제야 담임선생님은 조금 풀리는 듯 아빠와의 면담을 마무리 지으려 했다.

"강민주, 앞으로는 문제 일으키지 마. 지켜보겠어."

"예, 조심하겠습니다."

담임선생님은 고개를 돌려 아빠를 바라보며 한마디 했다.

"제가 곧 수업이 있어 이만 일어나겠습니다. 다음에 이런 일로 아버님을 뵙는 일이 없길 바랍니다."

아빠는 나를 한번 바라본 뒤에 담임에게 고개를 숙였다.

"선생님, 잘 부탁드리겠습니다."

하지만 아빠는 선생님과 헤어진 뒤에 본심을 드러냈다.

"민주야, 아빠가 왜 네 이름을 민주라고 지은 줄 아니? 민주주의를 지키고 실천하라는 의미에서야. 민주주의라는 게 멀리 있지 않단다. 네가 하고 싶은 대로 한 행동이 다른 사람들에게 불쾌감을 주었구나."

아빠의 말은 내게 알쏭달쏭했지만, 그날 이후 내 이름의 뜻을 분명히 알게 됐다.

그로부터 두 달 뒤, 아빠는 췌장암을 이기지 못하고 결국 세상과 작별했다.

나는 내가 너무 속을 썩인 탓에 아빠의 속이 문드러졌다고 생각했다. 아빠의 장례식장에 아빠의 고등학교와 대학 친구들, 10여 명의 택시 기사 아저씨들이 다녀간 뒤에 검은 뿔테 안경을 쓴 빼빼 마른 아저씨는 아빠의 영정 앞에서 엄마를 위로하며 내게 말했다.

"그렇게 깡소주를 마시더니만…. 네가 민주구나. 네 아빠가 너를 자랑스러워했지. 고된 인쇄소 일을 하면서도 나중에 네가 쓴 멋진 글을 직접 인쇄할 날이 올 거라며 잔뜩 기대했는데 말이야."

나는 그날 아빠가 택시 기사를 하기 전에 인쇄소에서 일했다는 사실을 처음 알았다. 나중에 엄마가 내게 들려준 말에 따르면 아빠는 시사주간지와 문학계간지, 단행본을 찍어내는 인쇄소에서 후가공 전문기로 일하다가 회사가 심각한 경영난으로 문을 닫자 크게 상심하며 술과 담배를 입에 달고 살았다. 사실, 종이의 종말 시대라고 불릴 만큼 책을 읽지 않는 풍조가 아빠의 병을 재촉했다고 본다. 내가 도서관에서 빌려온 소설책을 들여다보던 아빠가 "아무리 어려워도 내용에 충실해야지, 비싼 장식품용으로 쓸데없이 펄박을 깔고 코팅을 했다"며 투덜대던 기억이 난다.

"이러니까 책이 비싸지고 독자들의 외면을 사는 거야. 소설책에 화려한 겉포장이 다 뭐야!"

나는 아무런 생각 없이 아빠의 말을 흘려들으며 대꾸했다.

"아빠, 다 읽기도 전에 왜 그래. 김빠지게…."

초등학생 시절, 나는 아빠가 자주 내 일기장을 훔쳐보며 즐거워하는 모습을 보았다. 택시 야간 조가 되면 새벽에 귀가한 아빠는 아무도 깨지 않게 발뒤꿈치를 들고서 슬그머니 내 방에 들어와 내 얼굴을 꼼꼼히 들여다본 뒤 책꽂이에 꽂힌 내 일기를 꺼내 읽곤 했다. 아빠는 내가 곤히 자는 줄 알았지만, 나는 자는 척하며 실눈을 뜨고 내 글을 읽는 아빠의 미소를 몰래 봤다. 어느 날 아빠는 내가 학교에서 받아온 가정통신문에 적힌 부모가 '자식에게 바라는 장래 직업란'에 작가라고 썼다가 엄마에게 꾸지람을 들었다.

푸른 사과의 비밀

"이게 뭐람? 인기 작가쯤 돼야 밥 먹고 살 수 있는 거지. 그게 얼마나 힘든 일인데. 좀 더 현실적인 직업을 써야지."

"당신이 몰라서 그래. 민주가 얼마나 글을 잘 쓰는데…."

나는 엄마와 아빠의 그 대화에서 엄마가 나뿐만 아니라 아빠를 신뢰하지 않는다는 사실을 알게 되었다. 그러나 아빠는 계속하여 내 일기 노트를 훔쳐봤고, 나는 나의 유일한 독자인 아빠를 위해 때로는 과장되게, 또 때로는 픽션을 가미하여 거의 소설 수준의 일기를 썼다. 등교 시간 골목길에서 만난 고양이와 얘기를 주고받다가 학교에 늦은 이야기, 보도블록 사이를 뚫고서 방긋 고개를 내민 민들레꽃과 나눈 이야기를 쓰다 보면 한 페이지로는 부족했다.

끝까지 아빠가 내 일기를 훔쳐보는 사실을 모른 척했다. 내가 중학교에 올라가자, 아빠는 나의 사생활을 존중해서인지 더 이상 내 일기를 훔쳐보지 않았다. 나는 뜸하게 일기를 썼고 일기의 내용 또한 형식적으로 딱딱해졌다. 1학년 때 나름 열심히 했지만, 학교 성적은 좋지 않았다. 솔직히 어떨 땐 선생님의 설명을 이해하기 힘들어 학교 수업조차 따라가기가 쉽지 않았다. 수학 선생님과 영어 선생님은 교과목 진도를 선행 학습해온 아이들의 이해 수준에 맞추었다. 천성적으로 학원 다니기를 싫어한 나는 학원 발로 완전히 무장한 애들과 경쟁이 되지 않았다. 곰곰 생각해보니, 경쟁에서 쳐진 나에게는 아무런 능력이 없는 것 같았다. 공부 못하고 말썽 피운 게 뭔 능력이란 말인가?

아무래도 뱀파이어들이 능력자를 잘못 택한 것 같다. 다음에 만나면 꼭 진실 고백을 해야 할 것 같다. 바로 이렇게 말이다.

"당신들이 생각하는 만큼 나는 능력 있는 애가 아니고, 그저 그런 보통 애에요. 어쩌면 보통 애보다 못한 찌질이란 말이에요."

나는 엄마에게 내 성적표를 절대로 보여주지 않았으며, 엄마 또한 성적표를 보여 달라고 말하지 않았다. 처음부터 내 성적을 기대할 필요가 없다고 생각한 듯했다.

만약 엄마가 나의 성적표에 만족스럽지 않은 반응을 보인다면, 나는 나름대로 할 말을 준비 해두었다.

"유감스럽지만 할아버지의 경제력, 아빠의 무관심, 엄마의 정보력…. 이런 3박자가 고루 없으니 제 성적이 밑바닥을 헤매는 것은 당연한 일이에요. 엄마도 알다시피, 엄마의 정

　　　　　　　　푸른 사과의 비밀

보력은 거의 제로나 다름없잖아요."

장관과 국회의원, 조그만 자영업자라 하더라도 자식을 좋은 대학에 진학시키기 위해 초등학생부터 고등학생까지 많은 돈과 노력을 쏟아부으며 온갖 스펙을 만드는 건 나도 다 알고 있는 사실이다. 흔히 금수저라고 불리는 아이들은 학교 성적을 독차지하는 걸로도 부족해서 봉사 점수 왕과 독서왕의 자리를 휩쓸고, 각 기관의 인턴 증명서를 발급받고, 심지어 박사나 교수들도 여간 게재하기 어려운 미국 학술지 논문에 이름을 올리는 게 너무 당연시되는 현실이지 않은가? 생각해 보니, 봉사점수 항목이라는 게 너무 우습고 터무니없이 느껴졌다.

공부깨나 하던 애들이 봉사할 시간도 거의 없고, 그럴 의사도 없는데 국제 NGO 단체들의 봉사점수를 잘 받아오는 걸 보면 경탄스러웠다. 내가 땀 흘리면서 노인 수발하며 동네 노인정에서 받은 봉사 증명서나, 영세 소외계층에게 배달한 도시락 봉사 증명서와는 차원이 다르게 느껴졌다. 내가 대학 총장이라 하더라도 국제 NGO에서 발부한 봉사점수에 더 후하게 관심을 가질 것 같았다. 아빠는 대학 입학제도가 수능시험 외에 학교생활기록부, 내신 성적, 논술, 독서카드, 봉사점수, 자기소개서 자성 등 복잡 다양해서 부모들이 조금이라도 신경을 못 쓰면 모두 놓치기 쉬운 것들이라며 늘 불만을 터트렸다.

나는 아빠의 불만에 전적으로 공감했지만 흔히 말하는 부모 찬스를 누리지 못하는 내 처지를 억울해하지는 않았다. 아이들의 고스펙 경쟁은 흔히 말하는 그들만의 리그며, 아직 대학에 가야 할 이유를 찾지 못한 나와는 아무런 상관이 없는 일이기 때문이었다. 곰곰 생각해 보니, 학교 성적은커녕, 남을 위해 봉사하는 것조차 능력 없음으로 낙인찍힌 나로서는 아무리 생각해도 뱀파이어들이 찾고자 하는 능력자는 아닌 듯했다.

나도 모르는 나의 진짜 능력

밤새 이 생각, 저 생각을 하다가 눈을 감았다. 꿈속에서 파스칼을 만났다. 그는 내게 미소를 지으며 말했다.

"걱정하지 마, 우리가 높이 평가하는 민주의 진짜 능력은 '능력이 없다'라는 점이야. 다시 말하지만, 너는 등수로 매겨지는 능력은 없지만 다른 이들에게 없는 능력을 지녔어. 네가 가진 공감 능력은 머리에서 나오는 게 아니야. 너는 친구가 아플 때 같이 아파하고, 분노할 때 같이 분노하고, 슬퍼할 때 같이 슬퍼했으며, 고민할 때 같이 고민해 주었어."

나는 니콜라의 칭찬에 기분 좋았지만, 궁금증이 생겼다.

"사람 잘못 보셨어요. 저도 싫어하는 친구의 불행을 즐기기도 하는걸요."

"그건 그만큼 네가 본능적이며 자연스럽다는 거지."

"때로는 충동적이기도 하구요."

"그것보다는 잘 다듬어진 인간들이 더 위태로울 수 있어.

181

착하고 영리하고, 질서에 순응하고, 규칙을 잘 따르는 전형화(典型化)된 인간형…. 좁은 우리 안에서 도살될 날만을 기다리며 피둥피둥 살만 찌는 돼지처럼 말이야. 먹기 좋은 떡이 보기 좋다는 말도 있잖아."

"오호, 뱀파이어의 숨겨진 본색이 나오나 봐요."

"이건 실수야. 돼지와 떡에 비유해서 미안해."

"맞는 말인걸요. 생각해 보니, 공부깨나 하는 내 주위의 애들은 선생님과 부모님의 귀여움을 독차지하며 뭐든 욕심을 부리는 새끼 돼지 같아요."

"그렇지. 친구들보다 먼저 나아가지 않고, 같은 선상에서 같은 방향을 바라본다는 것은 생각만큼 쉬운 일이 아니거든. 대부분은 욕심을 부려 주위를 돌아보지 않지. 다른 친구들이 아프거나 상처받아 힘들어해도, 관심을 두지 않는 거지."

"그렇게 말하지 마세요. 그건 그 애들의 잘못이 아녜요."

"난 그 애들의 잘못이라고 말한 적이 없어. 안타깝다는 거지."

"그게 그거잖아요."

파스칼이 에둘러 얘기하는 모습이 좀 답답하게 느껴졌다.

그는 내 표정에 개의치 않고 말을 계속했다.

"하지만 넌 달랐어. 친구들의 아픔과 슬픔과 분노에 늘 함께 감응하고 더불어 행동하려 노력했어. 가끔 그게 지나치다 보니 학교에서 문제아로 찍혔고, 더러 엄마를 실망하게 했지만 말이야. 너의 공감 능력은 우리가 지금까지 지켜봐 온 인간 중에 역대급이야. 공감 능력은 고차원적인 고등수학 문제가 아니고 영어 단어 같은 꼬부랑 언어도 아냐. 더욱이 네 말대로 사람을 속이는 마약 같은 과학도 아니며 도둑놈들이 위선을 떠는 도덕 실력도 아냐. 시간의 블랙홀을 통해 우리는 너의 지난 10년을 들여다봤어. 훔쳐봐서 미안해. 중학교 2학년이던 네가 도덕 교과서에서 도덕을 지우고 그 자리에 굵은 펜으로 도둑이라고 쓴 걸 보고서 깜짝 놀랐어. 참, 그때 왜 그랬니?"

"제가 그랬나요? 전혀 기억 안 나요. 벌써 5년 전 일이잖아요."

"기억나게 해줄까?"

"떠올리고 싶지 않아요. 틀림없이 악몽일 거예요."

"아마도 부끄러운 거겠지. 하지만 네 말이 맞아. 네가 금기시된 진실을 적었기 때문에 선생님이 그렇게 야단법석을 떤 거야. 생활 속의 도덕을 억누르며 선생님들은 책 속의 점수용 도덕을 가르치고, 학생들은 그걸 배우고, 외우는 게 학교의 현실이잖아. 학교 앞의 가파른 골목길에서 꼬부장한 할머니가 폐지를 가득 실은 손수레를 힘들게 끌고 갔지만 아이들의 눈에는 보이지도 않았어. 아이들은 그저 점수용 도덕책을 들여다봤을 뿐이지."

"당장 시험을 봐야 하잖아요."

"하지만 넌 달랐잖아. 할머니의 손수레를 밀어서 100미터 떨어진 고물상까지 갔다 왔잖아."

"저야 뭐…. 공부벌레가 아니니까요."

"공감 능력의 차이 때문인 거지. 혹시 헬렌 켈러라는 분을 알아?"

"들어봤지만, 구체적으로 어떤 분인지 잘 모르겠어요."

"적당히 무식한 것도 마음에 들어. 켈러 할머니가 이런 말을 했어. '세상에서 가장 아름다운 것은 보이지도 않고, 만져지지도 않으며, 가슴으로 느껴지는 것'❖ 이라고 말이야. 네가 가진 공감능력의 중요성을 말씀하신 거지. 주변의 어려움을 살피지 않는 애들이 좋은 성적을 받아서 이른바 명문 대학에 들어가고, 출세를 하면 이 세상이 어떻게 될 것 같아? 똑똑한 애들이 우글거려서 세상이 스마트해질까?"

❖ "The best and most beautiful things in the world cannot be seen or even touched - they must be felt with the heart." Helen Keller(1880~1968).

푸른 사과의 비밀

"음, 이런 사람이 스마트폰을 만들었잖아요?"

"아, 스티브 잡스! 하지만 잡스는 너와 같은 유형이야. 선생님과 부모의 지침대로 살았더라면 살찐 돼지가 되었겠지만 잡스는 우리 밖을 뛰쳐나갔어. 세상과 공감을 나누려 답답한 질서를 거부하며 돼지우리와 같은 학교의 담장을 넘어 애플이라는 새로운 세상을 만든 거지. 창세기에 나오는 금단의 빨간사과를 처음 맛보는 심정이지 않았을까? 아담이 사과를 베어 먹고서 인류를 이끌었듯이, 잡스 역시 사과를 베어 물고서 인류를 얼키설키 한데로 묶어 완벽한 공감체를 만들고 싶었어. 그게 바로 아이폰 아니겠어? 아담 이후 인간들이 서로 오해하고, 서로 반목하여 죽이는 꼴을 잡스는 못 참았던 거지."

"그런데 잡스는 왕 싸가지라던데요."

"그게 잡스의 문제였어."

"잡스는 자신의 스마트폰에 전 인류를 네트워크로 묶었지만 이 기계에 공감의 영감을 불어넣지 못했어."

"왜요? 스마트폰으로 밤새 친구들과 카톡하고, 페이스북을 하고, 이메일도 주고받고, 또 단톡방에서 몇 명씩 은밀한 대화를 나누기도 하고…. 얼마나 공감적인데요."

파스칼은 나를 한참 바라보았다. 한심하다는 듯….

"그건 착각이야. 친구들과 카톡이 끝나면 허무하잖아! 단톡방에서 나눈 친구들과의 대화는 겉돌기만 하고, 그러다가 몇몇 친구들은 단톡방을 나가고, 그러면 다른 친구들이 오해하고 말이야. 와이파이를 끄면 네트워크는 그대로 단절되고 결국에 스마트폰이 인위적으로 만든 공감의 장은 순식간에 무너져 내리는 거지. 잡스는 분명 천재였지만, 인공지능(AI)이 탑재된 스마트폰은 평생 외톨이로 지낸 자신과 같은 인간들의 공허함을 완벽하게 채워주진 못했어. 오히려 외로움, 심지어 이기심을 더 가중했을 뿐이지. 잡스는 처음에 우리의 조언을 잘 따랐지만 나중에는 자신의 네트워크 왕국이 완성될 때쯤에는 우리를 무시하기 시작했지."

나는 파스칼의 말에 놀랐다.

"우와! 잡스가 뱀파이어들의 도움을 받았던 거예요? 어쩐지…. 목까지 올라오는 검은 상의의 하프 터틀넥을 즐겨 입었던 그를 볼 때마다 범상치 않다고 생각했어요. 뱀파이어의 송곳니 흉터를 감추려고 했겠죠?"

"상상력이 역시 뛰어나군. 아주 현실적인 분석이야."

파스칼은 흐뭇한 미소를 지었다.

푸른 사과의 비밀

"우리가 너의 꿈속에서 시험을 도와준 것처럼, 잡스의 꿈속에 등장해 영감과 상상력을 많이 불어넣었지. 하지만 그는 스마트폰에 사실과 가상의 세계를 버무려 현실 세계에서 대화를 단절시키고 공감의 장을 없애 나갔지. 우리는 이 기계가 프랑켄슈타인처럼 될 거라고 경고를 했지만 그는 고집을 부렸어. 정작 자신의 자식들에겐 스마트폰 사용을 금지시키면서 말이야."

"생각해 보니, 그러네요."

인간계의 나이로 보면, 250살이 훨씬 넘었을 파스칼이 스마트폰의 특징에 관해 얘기하는 걸 보고 조금 놀라웠다. 파스칼은 내 눈을 응시하며 힘주어 말했다.

"우리는 너의 능력을 빌려서 인류의 가까운 미래를 구하고 싶어. 아담이 이브가 한 입 먹고 건네준 금단의 사과를 먹고, 닭장 같은 에덴동산에서 벗어나 인류의 시조가 되었으나 그 후 인류는 전쟁과 증오, 기아와 살인으로 얼룩졌고, 그 후 혼돈에 빠진 인류를 스티브 잡스가 한데 묶으려 사과의 지혜를 빌렸으나 정작 인간계는 고독과 소외로 고통받는 신세가되었어. 너에게 부담 주고 싶진 않지만, 우리는 너와 더불어 인간계에 결핍된 공감력을 다시 재생시킬 거야."

파스칼은 윗주머니에서 푸른 사과를 꺼내 소매로 쓱 닦아

한 입 베어 먹은 뒤 내게 주었다.

"사과 좋아해? 이건 신이 인간들에게 건네는 마지막 기회의 사과야. 이 푸른 사과야말로 고통에 빠진 인간들을 구해 낼 거야. 내 앞에서 한 입 베어 먹어. 맛있으면 다 먹고 나서 씨앗을 발코니 화분에 심어봐."

하지만 나는 고개를 저었다.

"푸른 사과는 먹기가 망설여져요. 왠지 덜 익은 것 같기도 하고요. 빨간 사과는 없나요?"

그는 미소를 지으며 말했다.

"껍질만으로 본질을 파악할 수는 없어. 푸른색은 진정한 과일 색이 아니라고 생각하는 건 아니지? 빨간색이 선명할수록 탐스럽고 맛있다고 여기는 것은 어리석은 자들이 만든 허상이야. 고개를 들어 저 높은 푸른 하늘을 보면 느낄 수 있을 거야. 오로지 푸른색만이 너의 몸과 마음을 정화해주는 정직한 색이며, 붉은색이나 주황색은 너에게 거짓과 탐욕을 안겨준다는 사실을 말이야."❖

❖ 푸른색에 대한 멸시는 중세까지 이어진다. 빨간색은 선명할수록 더 큰 부와 권력의 상징이 된다. 동서양을 막론하고, 빨간색은 왕과 사제들, 교황이나 추기경, 큰 스님 의 옷을 물들였다.
　하지만 종교개혁 시대에 개혁가 장 칼뱅은 '붉은 옷' 사제들의 탐욕에 반발해 푸른 색은 '정직한 색'이고, 붉은색은 '정직하지 않은 색'이라고 주장했다.

"푸른 사과가 정직한 맛이면 좋겠어요. 그럼 얼른 주세요."

마침, 공복감을 느끼던 참이었다. 나는 입을 크게 벌려 먹음직스러운 사과를 덥석 물었다.

나의 송곳니 자국이 사과에 선명하게 찍혔다.

"깨갱. 깨갱, 깨갱."

갑자기 아담의 비명소리가 거의 죽어갈 듯이 들렸다.

아, 내가 그만 내 곁에서 함께 자고 있던 아담의 꼬리를 물어버린 것이었다.

내 송곳니에 아담의 털 몇 개가 끼어 있었다.

엄마는 얼른 아담을 끌어안으며, 혀를 찼다.

"밤새 뭔 꿈을 꾸었기에 강아지를 깨무냐. 미친 사람들이 가끔 강아지를 깨문다고 하더니만…."

아담은 억울한 듯 큰 눈을 깜박이며 나를 외면했다.

공부만 잘하면 뭐든지 용서된다고?

학교에 가보니 조회를 앞두고 아이들이 쥐죽은 듯 조용했다. 담임선생님이 곧 성적표를 나눠 줄 것 같았기 때문이었다. 하지만 담임선생님은 출석을 부른 뒤, 성적표를 나눠주지 않고 나를 불러 잠시 교무실에 같이 가자고 말했다.

"내가 왜 너를 여기로 부른 줄 알아?"

"네?"

"시치미 떼지 말고."

"잘 모르겠어요."

난 시험 때문인 줄 알았지만 구태여 먼저 말을 꺼내지 않았다.

"제가 뭔 잘못이라도 했을까요?"

"이거 칭찬을 해야 할지, 어떻게 해야 할지 잘 모르겠다. 네가 1등이라니…."

나는 미소 지었다.

"그럼 칭찬하셔야죠!"

"나도 그러고 싶지만, 많은 선생님이 너를 의심하고 있어."

"네?"

"네가 반 1등이면서 전교 1등이잖아."

"제가 전교 1등을요?"

"너도 놀랐잖아! 반에서 중하위권에 맴돌던 애가 불과 몇 달 만에 전교 1등이라니, 어느 누가 믿겠니?"

"사실, 저 밤새워 공부했어요. 밤을 잊은 뱀파이어처럼요."

"뱀파이어? 네가 밤새 뱀파이어 영화를 봤다면 이해하겠지만, 그 시간에 공부했다는 것은 납득할 수 없어. 그렇게 열심히 공부했다고 치자. 그런데 어떻게 전교 1등을 할 수가 있는 거지? 이 성적이면 서울대를 가고도 남아."

"저는 절대로 커닝 같은 건 하지 않았어요. 믿어주세요."

하마터면 나는 강하게 커닝을 부인하면서, "실은 꿈속에서 뱀파이어가 도와줬다"라고 말할 뻔했다.

"CCTV를 확인 중이야. 시험문제를 내기 직전부터 교무실을 출입한 수상한 사람이 없는지 살펴보고 있어. 너를 포함해서 말이야. 기분 나빠하지 마. 곧 끝날 거야. 그리고 여기에

서명 좀 해."

담임선생님이 내게 내민 것은 서약서였다.

"나는 이번 시험에서 맹세코 부정을 저지르지 않았습니다. 시험과 관련해, 추후 불미스러운 일이 밝혀지면 모든 민형사상의 책임을 기꺼이 지겠습니다. 강민주."

담임선생님에게서 건네받은 사인펜으로 내 이름 석 자 위에 서명했다.

"이런 일이 처음이라 문서 양식이 없어서 내가 임의로 만들었어. 네가 1등에 올랐지만, 성적표를 공식적으로 나눠주는 것은 조금 보류할 거야. 너의 커닝 여부를 조사한 뒤에 오후에 발표할 거야. 성적표를 배포해놓고, 너의 부정사실이 밝혀지면 얼마나 큰 망신이겠니."

"네, 저도 같은 생각이에요."

"아무래도 이해가 안 돼. 정도껏 성적이 올라야지. 1등이 뭐니, 그것도 전교 1등 말이야…."

담임선생님의 말에 조금 자존심이 상했지만, 꾹 참고 웃으며 마음 속으로 중얼거렸다.

'1등은 대체 어떤 애가 해야 되는데요? 모처럼 작심하고 공부 좀 했어요. 저도 1등 할 줄 몰랐습니다. 근데, 별거 아니네요.'

교실로 돌아가서 책상 위에 엎드렸다. 1교시부터 졸음이 계속하여 몰려왔다.

과목이 바뀔 때마다 아이들이 나를 깨웠으나, 꾸벅꾸벅 졸았다.

평소대로 뒤에 앉은 우리 반의 3분의 1은 나처럼 졸거나 잠을 잤다. 앞줄에 앉은 아이들도 선생님 앞에선 뭔가 이해하는 척 고개를 끄덕이며 리액션을 했지만 실제로는 거의 동태눈처럼 초점 없는 눈으로 멍을 때리고 있었다. 1교시의 영어 선생님을 비롯하여, 어느 선생님들도 아이들을 깨우지 않았다.

어젯밤에 파스칼과 나눈 대화를 떠올리다가 그만 졸음이 쏟아져 잠결에 파스칼을 또 만났다.

"사과는 맛있었니?"

"뭔 맛이었는지 기억이 안 나요. 한 입 베어 먹으려다가 그만 아담의 꼬리를 물었거든요."

"하하, 하필이면 아담의 꼬리를? 창세기의 아담이 놀랄 일이군. 넌 진짜 운명적이야."

"우리 집 강아지의 꼬리를 물었다고요!"

"내가 푸른 사과를 네게 준 것은 네가 싱싱하고 파릇파릇한 사과 같은 존재가 되어줄 것을 바라서였어. 스피노자가 '내일 지구가 망해도 나는 한 그루의 사과나무를 심을 것'❖이라고 말했는데, 우리는 이제 민주라는 사과나무를 통해 세상에 그 씨앗을 퍼트릴 거야. 네가 금단의 사과를 베어 먹은 아담의 꼬리를 깨문 것은 세상에 너의 존재감을 예고하는 거지. 네가 퍼뜨릴 과즙 많은 사과는 잡스의 메마른 사과들을 곧 대체할 거야."

"우리 집 멍멍이 아담은 제가 그냥 지은 이름인데요. 4년 전 크리스마스이브에 아빠가 성수동 애견센터에서 돈 주고 사 오셨거든요…."

"그게 바로 운명적이라는 거지."

"제가 파스칼을 만난 것처럼 말이죠?"

"너는 우리 뱀파이어에겐 운명의 여신 모로스❖ 같은 존재야."

"모로스가 누구예요?"

❖ "Even if I knew that tomorrow the world would go to pieces, I would still plant my apple tree." 이 문구는 원래 마르틴 루터(1483~1546)의 말이었으나, 스피노자(1632~1677)가 재인용한 것으로 전해진다.

❖ 그리스 신화에서 피할 수 없는 운명이 의인화된 신이다.

"다시 말하지만 적당하게 무식한 것도 꼭 우리 맘에 들어. 그만큼 잠재력의 공간이 넓다는 거니까."

"무식하다는 걸로 칭찬받기는 처음이에요. 두 번 칭찬받다간 깡통무식쟁이가 될 거 같네요."

파스칼의 해석이 재밌어서 피식 웃고 있는데, 누가 나를 마구 흔들었다.

"민주야, 눈떠! 선생님께서 너를 깨우라신다!"

수학 선생님이 교탁 위에서 나를 보고 웃었다.

"우리 모두, 민주에게 박수를 보낼까요? 전교에서 유일하게 수학에서 100점을 맞았네! 침까지 흘리며 자던데 밤새워 공부했니?"

나는 얼떨결에 "네!"라고 답했고, 수학 선생님은 그런 내게 비난 대신 격려를 보냈다.

"너무 무리하면 몸이 힘들지. 아무리 고3이라도 수업 시간에 졸 정도로 밤새우진 마라."

평소대로라면, 주먹으로 쥐어박거나 귓바퀴가 빨개지도록 귀를 잡아당길 텐데 수학 선생님은 이날 온화한 모습을 보였다. 아이들은 모두 깜짝 놀란 표정을 지었다.

오후의 영어와 국어 시간에도 선생님들은 극비의 문서를 들춰내듯이 출석부에 빼곡히 적은 성적란에서 나의 만점을 찾아 불러주었다.

아이들은 모두가 나를 바라보며 기겁했다. 쉬는 시간에 아이들은 내 주위로 몰려 질문을 쏟아냈다.

"야, 어떻게 된 거야?"

"나도 모르겠어."

"네가 모르다니? 요즘에 야간 자율학습도 안 하고 곧바로 집에 가서 개인 과외공부를 한 거야?"

"그건 아닌데…."

"걔들처럼 답안지라도 빼돌린 거야?"

"뭐, 걔들이라니?"

"강 너머 학교에 다니던 쌍둥이들 말이야. 아빠가 같은 학교 선생님이고…."

다른 아이의 목소리가 짜증내듯, 끼어들었다.

"얘네 아빠는 택시 기사 하다가 작년에 죽었잖아."

나는 목소리의 장본인을 째려보았다. 지금까지 전교 1등을 놓치지 않은 수빈이었다. 뭔가 화가 단단히 난 듯, 학교 선생님과 대비되도록 택시 기사라는 단어에 힘을 주어 말했다. 수빈이는 강 너머의 유명한 특목고에 입학했으나 학생부 종합전형으로 명문대에 들어가기 위해서 일부러 학습 열기가 덜한 학교에 전학 왔다고 알려져 있었다. 용의 머리가 못 될 바에 닭 볏이라도 되어야 하는데, 내가 1등을 가로챘으니 수빈이 화를 낼 만도 했다.

나는 몹시 피곤한 표정을 지으면서도 은근히 이 상황을 즐겼다. 나의 짝꿍인 철희는 큰 목소리로 나를 엄호했다.

"민주가 요즘 공부를 열심히 한 건 사실이야. 아침에 졸음이 쏟아진 것은 밤새워 공부한 탓이고."

나는 나에게 살짝 윙크하는 철희의 눈을 바라보며 피식 웃었다.

"네가 민주의 새 남자 친구라도 되니?"

수빈이 빈정대자, 철희는 대꾸했다.

"뭐, 그런 셈이지."

너스레를 떠는 철희의 뒤통수를 치려는데, 막 문을 열고 들어오는 담임선생님과 눈이 마주쳤다.

7교시 수업이 끝나고, 담임선생님의 종례시간이었다.

담임선생님은 1번부터 호명하며 성적표를 주었고 아이들은 저마다 미소를 짓거나 시무룩했다. 내 순서는 마지막이었다. 담임선생님은 오늘 오후까지 발표를 미뤄야 했던 나의 성적 소식을 짤막하게 알렸다.

"김민주가 이번 시험에서 우리 반 1등과 전교 1등을 차지

했어요. 모두 축하해주길 바라요."

모두가 깜짝 놀란 표정을 지었다. 충격을 받은 듯했다. 내 짝 철희는 놀라서 뒤로 자빠졌다. 나는 일어나서 가볍게 목 인사를 하며 미소를 지었다. 담임선생님의 종례가 끝나자 몇몇 아이들이 환호성을 지르며 교문 근처 떡볶이집으로 몰려 갔다. 철희가 같이 가자며 내 소매를 끌었으나 나는 1등이라 는 사실을 엄마에게 빨리 자랑하고 싶어 평소 좋아하는 떡볶 이를 포기했다.

성적표를 받은 엄마는 나의 두 뺨을 양손으로 꼬집으며, 흥분을 가라앉히지 못했다.

"그러니까 네가 전교 1등을 했다는 거지! 이게 꿈이냐 생 시냐? 그렇게 스터디 카페에서 밤늦게까지 공부하고 꿈속에 서까지 중얼거리더니만…."

"이게 다 엄마 덕분이지."

"그래 넌 머리 좋은 게 엄마를 꼭 빼닮았어. 거기에다 아 빠의 노력과 정성까지 닮았으니 말이야."

나는 엄마가 아빠를 언급하자, 살짝 눈시울이 붉어졌다.

푸른 사과의 비밀

다음날 학교에 가니 고급 승용차 몇 대가 교무실 앞 주차장에 세워져 있었다. 곧 1교시 수업이 시작되는데, 담임선생님은 조회를 하지 않았다.

1교시는 담임선생님의 과목인 생물 시간이었으나 수업 시작을 알리는 벨이 울렸는데도 담임선생님은 들어오지 않았다. 반장이 급히 교무실에 달려가서 담임선생님의 메시지를 받아왔다.

"선생님이 급한 일이 있어서 1교시는 자습으로 돌리고 다음에 보충수업 하신대."

아이들은 "와우!" 환호성을 질렀다.

반장은 양손을 펼쳐 내리면서 "조용, 조용!"이라고 외치며 담임선생님의 말씀을 전달했다.

"내일 교육청의 장학사님이 학업 지도 점검을 위해 나오시니까 복장을 잘 갖추고 등교해라. 장발도 자르고, 머리 염색했으면 검은색으로 다시 하고 오도록. 이상!"

이어 반장은 묘한 표정을 지으며 내게 다가와서 귓속말을 건넸다.

"담임이 잠깐 교무실에 들르래."

나는 조심스럽게 교무실 문을 열었다. 럭셔리한 옷차림의 아주머니 세 명이 담임선생님을 가운데 앉혀놓고 삿대질을 하며 목소리를 높이고 있었다.

루이 비통 가방을 든 아주머니가 대뜸 나를 보더니 말했다.

"쟤가 민주라는 아이예요? 저 아이의 과거 성적을 모두 보여 줄 수 있어요?"

에르메스 상표가 두드러지게 보이는 옷을 걸친 또 다른 아주머니가 나를 쏘아보며 말했다.

"저 아이의 아빠가 택시 기사였지만 이젠 엄마가 싱글맘이어서 과외는커녕 학원에도 다니기 힘들었을 텐데, 1등이라니, 그게 말이 되냐고요?"

또 다른 아주머니는 구찌 가방을 어깨에 두르고서 어이없어하는 표정을 지으며 내 행색을 위아래 훑어보았다. 이런 걸 인간 스캔이라고 해야 하나….

담임선생님은 뜻밖에도 차분하게 대처하였다. 나의 존재감을 어느 정도 인정하면서도 학부모들의 상한 감정을 달래 주었다.

"학생의 답안지를 모두 공개하는 것은 사생활 침해가 될수 있어 곤란합니다. 민주 학생 본인과 민주 어머님의 동의가 필요합니다. 여기 오신 어머님들의 요청대로, 내일 장학사님이 학교에 오시어 이번 중간고사에 대한 학업 지도 점검을 하면 결과가 나올 테니, 그때까지 기다려주시면 감사하겠습니다. 저도 민주 학생의 성적에 의구심을 갖고는 있지만, 지금까지 부정행위를 의심할만한 정황이 전혀 발견되지 않았습니다."

담임선생님은 학부모들을 바라보며 난감한 표정을 지었다. 구찌 가방을 든 아줌마는 나와 담임선생님을 번갈아 바라보며, 한마디 쏘아붙였다. 1등을 놓친 수빈이의 엄마였다.

"제 아이가 특목고까지 포기하며 이 학교에 왔는데, 부정행위의 피해자가 되다니…. 철저하게 조사해주세요."

담임선생님은 내게 나가보라는 듯 눈짓을 했다. 아줌마들에게 인사조차 건네지 않고 교무실 문을 나서는데, 귓가에 누군가가 "왕 싸가지네!"라고 말하는 소리가 들렸다.

다음날 오후, 담임선생님은 나를 불러서, 학교를 방문한 장학사에게 안내했다. 장학사는 고등학교 입학 후에 치른 배치 고사부터 시작해 1학년과 1학년 때의 모든 시험 성적을 들여다보며 고개를 갸웃거렸다.

"불가사의합니다. 이렇게 하위를 맴돌던 학생이 전체 1등에 오른 것은 저의 교직 생활 30년 만에 처음 보는 일입니다. 이게 만일 사실이라면, 이 학생의 사례를 연구해서 학업성취 논문을 써보고 싶은 생각이 들 정도입니다. CCTV를 살펴봐도 시험 당일의 행적을 보아도 부정행위 흔적이 나타나지 않으니 사실로 인정할 수밖에 없습니다. 학부모들의 문제 제기에 심증은 가지만 그걸 입증할만한 증거는 전혀 없네요."

장학사는 내 편을 들어주었다. 아니, 정확히 말하자면 나의 혐의를 찾지 못했다. 나는 커튼 사이로 비친 햇살에 반짝이는 그의 대머리를 보고, 갑자기 웃음이 치밀어 올랐다.

입에 힘을 주어 가까스로 웃음을 억눌렀다.

"민주 학생, 이제 활짝 웃어도 돼."

나는 그냥 장학사와 담임선생님에게 미소를 지었다.

나는 이날부터 우등생의 반열에 올랐다.

하지만 나의 습관과 취향은 하루아침에 달라지지 않았다. 여전히 난 골초들과 함께 으슥한 골목길에서 담배를 피웠고, 수업시간 중에 틈틈이 게임소설을 읽었으며, 편의점에서 작년에 운동장에서 습득한 선배 언니의 주민등록증으로 술과 과자를 사서 한적한 곳에서 친구들과 은밀한 술판을 벌였다. 학교에서 흡연하다가 선생님들에게 두세 번 들켰지만, 그때마다 "절제하라"라는 말을 들었을 뿐이다. 나는 교내 글짓기대회와 그림대회의 상뿐 아니라 심지어 봉사상과 노력상, 효도상까지도 받았다. 1학기 중간고사에서 전교 1등에 오른 지두 달 만의 변화였다.

달라진 주위의 시선에 나 자신이 적응하기가 어려울 정도였다. 친구들과 선생님이 나를 대하는 모습이 너무 달라져 난 이질적인 '현타'를 자주 느꼈다. 어떨 땐 내가 아닌 것 같아 스스로 '나는 누구?'라고 묻곤 했다. 수빈이는 점점 얼굴이 수척해졌고, 수업시간에 자주 졸거나, 쉬는 시간에는 아이들과 일절 말을 섞지 않은 채 멍하니 창밖을 바라보곤 했다. 경쟁의식이 강하고 이기적인 평소 기질과는 다른 수빈이의 행동이 왠지 마음에 걸렸다. 나는 힘들어하는 수빈이에게 다가가 나의 비밀을 털어놓으며 "진짜 1등은 바로 너야"라고 말해주고 싶었으나 용기가 나지 않았다.

어느 날 점심을 먹은 뒤, 나는 알약을 먹는 수빈이에게 너무 궁금해서 조심스럽게 물어보았다.

"머리 좋아지는 약이니?"

아, 이건 실수였다. 유머러스하게 건넨다는 나의 말투가 비꼬는 말이 되어버렸다. 수빈이는 평소답지 않게 당황스러운 표정을 지으며 말했다. 가까이서 본 수빈이의 얼굴에는 야윈 턱에 송곳니가 도드라져 보였다.

"인간을 만드는 약. 정말로 그래."

까칠하기만 하던 수빈이의 알쏭달쏭한 답변에 나는 어떻

게 말해야 할지 몰랐다.

"뭔 소리야? 너나 나나, 모두 인간이잖아."

"과연 그럴까?"

"……."

수빈이가 뭔가 눈치를 챈 건가? 나는 얼른 입을 다물어 송 곳니를 감추었다. 나의 정체를 간파당한 것 같아 가슴이 뜨끔했다.

수빈이가 약 봉투를 구겨서 휴지통에 버린 뒤 제자리로 돌아가자, 나는 아무도 눈치채지 않게 약 봉투를 꺼내 보았다. '산부인과 채 병원'이라고 적힌 봉투에는 아무런 처방전이 적혀 있지 않았다. 웬 산부인과지? 어디가 아픈가? 아니면 혹시? 근데 왜 수빈이는 인간을 만드는 약을 먹는다고 말한 거지?

누가 목을 물어뜯었나?

"강 너머의 샤넬 매장 건너편에서 20대 여성이 괴한의 공격으로 목에 깊은 상처를 입었습니다. 이번 달 들어 괴한이 행인의 목을 물어뜯은 것은 벌써 4번째입니다. 경찰은 정신이상자에 의한 우발적 사고로 보고, 유사한 범죄를 저지른 전과자들에 대한 탐문 수사를 벌이고 있지만, 아직 아무런 단서를 찾지 못하고 있습니다. 하지만 초동수사에서 습격자를 애꿎은 진돗개나 도사견으로 국한해 수사한 경찰 당국의 헛다리짚기가 사태를 키웠다는 지적이 일고 있습니다."

카메라는 피해자들의 얼굴을 가린 채 목의 상처를 클로즈업하여 보여주었다. 나는 집에서 아담을 안고서 TV 뉴스를 보며 우유를 마시다가 하마터면 잔을 아담의 머리 위에 쏟을 뻔했다. 놀라운 일이었다. 목에 이빨 자국이라면 뱀파이어의 짓이라는 건가? 나는 욕실 거울에 목을 비춰보았다. TV 화면에 비친 피해자들의 목에 난 상처는 내가 양화대교에 뛰어내렸을 때, 파스칼이 나를 구하면서 낸 내 목의 상처와는 비교되지 않을 정도로 심각한 상태였다. 흡혈본능을 가진 누군가가 피해자들의 목을 일부러 공격한 게 분명해 보였다. 인간과의 평화적 공존을 위한 망원동 선언 이후, 뱀파이어들은 더 인간의 피를 빨지 않기로 선언하고 송곳니를 모두 뽑지 않았던가? 만약 선언문의 강령을 어기면 목이 잘리고 배에 은장도가 꽂힐 각오를 해야 할 텐데 어느 누가 인간의 목을 노릴 수 있을까?

뱀파이어계, 인간계의 평화적 공존이 자리 잡아가고 있는 마당에 저런 끔찍한 사건이 발생하다니, 이건 도저히 간과할 수 없는 중대한 사건이었다.

잠시 뒤, 니콜라에게서 문자가 왔다.

뉴스 봤지? 파스칼이 오늘 밤 9시, 긴급회의를 소집했어. 아무래도 느낌이 좋지 않아. 참석할 때 미리 대책안을 준비해오면 좋겠어.

니콜라의 문자에서 다급함이 느껴졌다.

"아 참, 내가 민주가 있는 곳으로 갈게. 5시 교문 뒷골목에서 기다릴게."

니콜라의 딱정벌레차는 나를 태우자마자 사건 현장으로 달렸다. 우리는 피해자가 목에 중상을 입은 장소 주변을 샅샅이 뒤져 특이사항을 살펴보았다. 뱀파이어의 상징이라 할 레몬 냄새는 어디에서도 나지 않았다. 이곳 주변에는 뱀파이어가 없다고 봐야 한다. 피해자의 목에 송곳니를 들이댄 이가 다른 곳에 거주하는 뱀파이어라면 대체 어디에 사는 걸까? 만약에 뱀파이어가 아니라면 누구일까? 혹시 족제비 같은 설치류가 아닐까? 목격자가 많아서 아마 그렇지는 않을 것이다. 나는 범인의 정체가 누구일까 한참 고심했지만 어디에서도 범인의 흔적을 찾기가 쉽지 않았다. 피해자가 공격을 당한 장소 주변에는 CCTV가 전혀 설치되어 있지 않았다. 우리는 피해자를 병원 응급실로 옮긴 소방대를 찾아가 피해자가 어느 병원에 입원했는지 물어보았으나, 담당자는 개인의 프라이버시에 관한 사안이라서 알려줄 수 없다고 말했다. 하는 수 없이, 니콜라는 캡처한 TV 화면을 크게 확대해 피해자의 목 상처를 다시 살폈다.

"상처의 각도와 깊이로 보았을 때, 아무래도 뱀파이어의 송곳니는 아닌 것 같아. 도사견이나 설치류의 날카로운 이

빨도 아니야. 그냥 급하게 누군가 앞니로 깨문 거 같아. 여기 봐, 상처가 짓이겨졌잖아."

파스칼은 다시 대의원 회의를 소집해 니콜라의 보고를 들었다. 니콜라는 사건을 간단히 정리해 보고하며, 자신의 견해를 덧붙였다.

"인간의 목을 깨물어 피를 탈취한 연쇄 피습사건의 장본인으로 뱀파이어들이 의심받을 만한 정황이나 증거는 아직 발견되지 않았습니다. 오히려 호기심 어린 인간의 충동적인 범죄로 파악됩니다."

니콜라의 말이 끝나기 무섭게 루주가 되물었다.

"뭐라고요? 피 맛이 궁금해서 이로 목을 깨문다고요?"

"피 맛이 궁금할 수도요."

"피해자가 하마터면 죽을 뻔했는데, 호기심이라니요?"

루주는 빨간 머리를 뒤로 넘기며 니콜라를 쏘아봤다. 하지만 니콜라는 차분하게 자신의 추론을 말했다.

"지금까지 유사한 네 건의 피습사건을 살펴보면 피해자들은 목에 상처만 입었을 뿐, 입으로 흡혈 당한 흔적이 없어요. 물론 몇몇 피해자들은 상처가 커서 피를 많이 흘렸지만요. 그러니까 정신 이상자가 순간적인 본능으로 사람의 목을 깨물고 싶다거나, 피를 맛보고 싶다거나 하는 정도라 할까요.

푸른 사과의 비밀

네 사건에서 범인이 피해자를 죽지 않을 만큼만 깨문 게 이상해요."

나는 니콜라의 추론이 합당하다고 여기면서, 어이없어하는 다른 꼰대들의 표정을 보았다.

인간계에서 국정원의 1급 프로파일러로 일했던 슈타인이 고개를 갸웃하며 말했다.

"니콜라의 상황보고로 추론해보면, 레몬 향을 남기지 않은 범인은 뱀파이어가 아닐 가능성이 높습니다. 하지만, 피해자들의 목에 물린 자국과 출혈 흔적이 있다는 사실은 심각한 일이 아닐 수 없습니다. 대체 어떤 괴물의 짓일까요?"

모자를 벗어 민머리가 반짝이는 쇼브는 짐짓 심각한 표정을 지으며, "뱀파이어계의 인간화 과정에서 생긴 힘의 공백기를 이용해 그간 오랫동안 잠을 자던 신원미상의 뱀파이어가 깨어난 것 같다"라고 말했다. 니콜라는 쇼브의 의견에 신중한 태도를 보였다.

"인간의 피를 흡혈할 가능성이 큰 생명체로는 뱀파이어 외에 늑대인간, 흡혈박쥐를 꼽을 수 있지만, 이미 뱀파이어는 인간화되어 흡혈 본능을 잃은 지 오래고 흡혈박쥐는 인간을 위협하기에는 너무 작고 공해가 많은 도심에 서식할 리 없는 데디기 늑대인간은 거의 신화 속에서나 존재하며 한국

땅을 밟았다는 기록이 없습니다."

니콜라의 말을 듣고 있던 파스칼이 다시 말문을 열었다.

"이번 인간 피습사건이 우리 뱀파이어의 짓이 아니라면, 늑대인간의 짓이라고 믿고 싶겠지만 늑대인간은 인간의 욕망과 두려움이 만들어 낸 허상일 뿐입니다. 과거에 실존했고, 지금에도 현존해 있는 우리 뱀파이어와는 전혀 다릅니다. 이번 피해자들의 몸에서 피가 흡입 당한 흔적은 없지만 범인은 흡혈 인간일 가능성이 큽니다. 앞으로 흡혈 인간의 정체를 밝히는 데 총력을 기울여야 할 것 같습니다. 지금은 인간사회에서 흡혈 인간의 존재를 애써 감추고 있거나 그 존재를 인지하지 못하고 있지만 흡혈 인간이 결국 인간의 눈에 띄게 되면, 인간들은 이들을 우리 뱀파이어로 오인하게 될 것입니다. 아직 인간이 우리 뱀파이어의 존재를 모르는 상황에서 흡혈 인간이 우리와 동일시되는 것은 우리로서는 대단히 불쾌한 일이죠."

프리제는 곱슬머리를 만지작거리면서 파스칼이 제기한 흡혈 인간의 범인 가능성에 동의를 표하며, 부연했다.

"흡혈 인간은 피에 굶주리는 인간입니다. 철분이나 인, 단백질, 비타민, 마그네슘이 필요하면 영양제를 먹으면 될 텐데 왜 굳이 잔인하게 같은 인간의 목을 물어뜯으려 하는지 의아할 따름입니다. 아무래도 피의 결핍을 본능적으로 채우려는 무절제 유전자가 범인의 몸에 남아 있는 게 분명해 보입니다. 어쩌면 뼈와 심장, 동맥, 정맥의 기능이 취약해 몸의 균형을 유지하는데 필수적인 피의 생성을 제대로 하지 못한 데서 비롯한 피의 갈증이 흡혈로 이어졌다고 볼 수 있습니다. 스스로 피를 생산하기 힘들어 척추동물에 붙어 30분도 채 안 되어 자기 몸무게의 10배에 달하는 피를 빨아먹는 거머리를 보면, 흡혈 인간의 상태를 미뤄 짐작할 수 있을 것입니다. 배불리 먹은 거머리는 아무것도 먹지 않고 수개월을 버틸 수 있다고 합니다. 어쩌면, 흡혈 인간은 피의 원활한 생산을 하지 못해 병약한 모습을 띠고 있다고 볼 수 있습니다."

잠시 눈을 감고 있던 파스칼은 결론을 내기가 모호한지 좀 더 사건 추이를 지켜보자고 말하며 화제를 돌렸다.

"얼마 전 회의에서 우리가 오랫동안 채식을 하는 바람에 오메가나 비타민, 철분 같은 영양제가 부족하고 또한 자칫 오랜 영양결핍으로 인해 포르피린 증상이 우려되어 치료제가 필요하다는 의견이 나왔습니다. 다음 회의에서는 포르피린증 치료약과 영양제를 어떻게 확보해야 할지 구체적인 방안이 나오길 기대합니다."

대의원회의가 끝난 뒤, 파스칼은 니콜라와 셀린, 그리고 나를 따로 불러서 강 너머에서 발생한 피습사건에 좀 더 신경을 써 달라고 당부했다.

파스칼 일행과는 주기적으로 오프 모임을 하기도 하고, 꿈속에서 만나기도 했다.

그들에게 수빈과 나눈 얘기를 전해줄까 하다가 끝내 하지 않았다. 수빈이의 은밀한 사생활을 누설하는 것 같아 조심스러웠다. 학교에서는 수빈이의 일거수일투족을 관찰했다. 1등을 앞두고 다투는 경쟁자로서가 아니라, 수빈이 요즘 왜 힘들어하고 어째서 약을 먹는지 궁금해서였다. 수빈이의 등교시간과 하교 시간을 체크하려면 내가 그 애보다 먼저 학교에 도착해야 했고, 더 늦게 학교를 떠나야 했다. 등교 시간은 8시 40분, 하교 시간은 오후 4시 30분으로 야간 자율학습은 하지 않았다. 고3인데도, 우등생인 수빈이 야자를 하지 않는 걸 보면 머리가 좋아 혼자서 공부하거나 고액 개인과외를 하는 게 분명해 보였다.

어느 날 학교 가는 길에 담배가 피고 싶어 외진 골목길로 들어서는데 아침 8시 35분쯤 수빈이 검은 승용차에서 내리는 모습을 보았다. 나는 수빈이의 뒤를 따라가는데, 교문에 들어서기 전에 수빈이 얼른 걸음을 돌려 내게 다가왔다.

"강민주!"

"……."

"요즘 들어 나를 계속 지켜보고 있는 거 다 알아. 궁금한 게 너무 많지?"

"아니, 뭐. 네가 많이 아파 보여서 걱정되잖아."

수빈이는 내 눈을 정면으로 응시하면서 힘들게 말을 꺼냈다.

"너 아무한테도 말 안 할 수 있어? 네가 비밀로 하겠다고 약속하면 궁금해하는 걸 말해 줄게."

나는 갑자기 눈시울이 젖은 수빈이의 눈망울을 보면서 엉겁결에 답했다.

"응, 당연하지."

"그럼, 점심 먹고 나서 옥상에서 만나."

나는 아무런 답변 없이 고개를 끄덕였다. 우리는 서로 아무런 말 없이 교문과 운동장을 지나 계단을 거쳐 3층 교실로 향했다. 5분 동안 우리 둘 사이에 긴 침묵이 흘렀다.

담임선생님은 조회시간에 아이들의 출결석을 확인한 뒤

흡연 금지, 단정한 품행 유지를 강조했다. 영어, 수학, 국어 시간을 거치는 동안, 나는 수빈이의 모습을 지켜봤다. 그 애는 영어 시간에 노트에 뭔가 열심히 메모하기도 하고, 수학 시간에는 잠깐 졸기도 하고, 국어 시간에는 아예 두 팔을 베고서 자기까지 했다. 하지만 선생님은 그런 수빈을 내버려두었다. 거의 절반이나 되는 아이들이 바짝 말린 황태 눈으로 졸고 있는데 딱히 수빈이에게만 뭐라 지적할 순 없었다.

점심시간이 되자, 수빈이는 평소처럼 혼자서 조용히 밥을 먹은 뒤 알약을 꺼내 먹었다. 수빈이는 내 쪽을 바라본 뒤 교실 문을 나섰다. 나는 수빈을 따라 옥상으로 올라갔다. 초여름의 뜨거운 태양이 작열했다. 남들이 이런 우리 둘을 보면, 전교 1, 2등을 하는 두 아이가 우열을 가리기 힘들어 맨주먹으로 필사의 결투를 하려는 모습이었을 것이다.

수빈이는 옥상 한가운데서 아무 말 없이 운동장을 내려다봤다. 나는 수빈이에게 다가가 오른손에 든 양산을 펼쳐 수빈과 내 얼굴을 가렸다.

"여기까지 올라오게 해서 미안해."

수빈이의 눈가는 젖었고 목소리는 떨렸다. 나는 아무런 말 없이 수빈을 꼭 안아 등을 어루만져주었다.

"친구 사이에 미안한 게 어디 있어?"

푸른 사과의 비밀

"정말로, 우리는 친구 맞는 거지?"

"우리가 연인 사이라도 되는 거니?"

수빈이는 눈물을 흘리면서도 나의 농담에 피식 웃었다.

"놈들이 내 난자를 뺏으려 해."

"어떤 놈들?"

"너도 알잖아. 채 병원 말이야! 네가 내 약 봉투를 들여다본 거 알고 있어. 나에 대해 관심을 가져준 건 네가 처음이야."

"요즘 네 얼굴빛이 좋지 않아서 좀 걱정이 됐어."

수빈이 나에게 이렇게 비밀을 털어놓는 것은 나를 믿기 때문일 것이라고 생각하며, 고개를 끄덕여주었다.

"엄마와 아빠가 늦은 나이에 아이를 가졌는데 그게 나야. 사회활동을 하느라 엄마는 마흔이 넘어 결혼했지만, 다행히 젊은 시절에 난자를 채취해 채 병원의 불임센터에 보관했던 거지. 결혼 후에 아빠의 정자를 받아 엄마의 난자를 결합하여 아이를 가지려 했지만, 그때까지 노령 커플 사이에 유행하던 대리모 방식의 아이 출산이 인권침해 문제로 인해 갑자기 어렵게 된 거야. 엄마와 아빠는 아이를 너무 갖고 싶은 욕심에 때마침 임상실험을 시작한 채 병원의 인공 자궁 임신에

선뜻 지원한 거야. 사람의 몸이 아니라, 부화기 같은 인공 자궁 기계를 빌려서 말이야."

나는 인공 자궁이라는 말에 깜짝 놀랐지만, 수빈이의 말에 고개만 끄덕였다.

"그렇게 해서 부모님은 나를 얻었고, 나는 아무것도 모른 채 부모님이 원하는 아이가 되어 갔어. 나의 치열한 노력과 고액 개인과외 덕분에 나는 늘 1등을 했어. 엄마는 부모로부터 양질의 유전자를 물려받은 덕분이라고 여겼고, 나도 어느 정도는 그렇게 생각했어. 열심히 공부한다고 해서 모두가 1등 하는 건 아니잖아."

나는 고개를 끄덕이며 수빈이의 말에 격렬하게 공감했다. 그리고는 농담을 가장해 나의 진실을 내뱉었다.

"네 말이 맞아, 난 요즘 밤새 뱀파이어들과 어울리곤 해. 이번 시험에서 내가 1등 한 건 그들의 도움 덕분이야."

"너 웃기는 상상을 하는구나. 너도 뱀파이어 영화를 많이 보니? 나도 공부하다가 지치면 뱀파이어 영화를 보곤 해. 가끔씩 뱀파이어의 초인적 능력을 갖고 싶어."

수빈이는 나의 고백에 어이없어하며 엉뚱한 영화 이야기를 꺼냈다. 머쓱해진 나는 능청을 떨며 짐짓 어른스러운 척, "그래도 노력이 우선되어야지"라고 말했다.

"너는 그렇게 말할 자격이 있어. 열심히 노력해서, 내게서 1등을 뺏었으니."

"선수들끼리 왜 그래?"

나는 공부선수로서 수빈과 공모자가 된 느낌이 들었다.

곧 수업이 시작할 것 같아서 시계를 들여다보았다.

"수빈아, 내게 진짜로 하고 싶은 말이 있는 게 아니니?"

수빈이는 잠시 머뭇거리다가 입을 뗐다.

"인공 자궁에서 태어나서인지, 난 선천적으로 후유증을 앓아왔어. 얼굴이 창백해지고, 잇몸이 쪼그라지고, 송곳니가 날카롭게 변하는 증상이지. 햇볕이 부족한 북유럽 사람들이 어쩌다 걸리는 포르피린 증후군이라는 건데, 엄마의 자궁이 아닌 인공 자궁에서 배양되다 보니 엄마의 혈맥 및 맥박과 단절되어 혈액과 영양분을 제대로 공급받지 못한 결과인 것 같아. 채 병원에서는 나처럼 인공 자궁에서 시험적으로 태어난 아이들이 몇 명 더 있는데, 이런 후유증에 대해 쉬쉬하는 거야."

"포르피린증이라고?"

"너도 이 병에 대해 알고 있는 거니?"

"늘 자외선을 차단해야 하고, 클로로 퀴닌, 철분 킬레이터, 콜레스티리만을 복용해야 하는 거 아니니?"

수빈이는 나의 대꾸를 반겼다.

"아, 너도 이 증상을 앓고 있구나…."

"뱀파이어 영화를 자주 보면서, 구글에서 뱀파이어 증상을 검색해봤어."

나는 동질감을 느끼는 수빈이의 눈빛을 바라보면서 대충 둘러댔다. 수빈이에게 내가 뱀파이어에게 물려 포르피린증과 유사한 증상을 보이는 뱀파이어로 변태 중이라는 사실을 말할까 하다가 그만두었다.

수빈이는 주위를 살피며 작은 목소리로 말을 이었다.

"그동안 채 병원 측으로부터 정기적으로 치료약을 공급받았는데, 몇 달 전부터 내게 난자를 내놓지 않으면 약 공급을 중단하겠다고 협박하는 거야."

"왜 너의 난자가 필요한 건데?"

"알다시피, 난 그동안 1등만 해왔잖아. 그래서 유전자가 우수하다는 거지. 아직 젊고…."

"그런데 너는 포르피린증을 앓고 있잖아."

"그 사람들은 그걸 인정하지 않으려 해. 자신들의 실수를 인정하는 순간, 의학적으로 엄청난 파문을 일으킬 것이고, 자신들의 자궁 공장 사업이 위태로울 수 있으니 말이야. 그래서 그 사람들은 치료제를 꾸준히 복용하면 내 증상을 완

푸른 사과의 비밀

치할 수 있다고 보고 있어. 나와 같은 고통을 겪는 애들이 몇 명 있어. 증상은 조금 다르지만, 너의 전 남자 친구 지훈이와 함께 정학당한 주현이도 비슷한 고통을 겪고 있어."

"뭐라고? 주현이가?"

"넌 정말로 지훈이가 주현이와 그렇고 그런 관계라고만 생각하니?"

"뭔 말이야? 그럼 둘이 사귀는 게 아니었어?"

"지훈이는 정체성의 혼란을 겪는 주현이의 아픔을 공감하고 끝까지 비밀로 지켜주었어. 하얀 피부에 분홍색 티셔츠와 예쁜 운동화를 착용하길 좋아하는 주현이가 손톱과 발톱에 매니큐어를 바르고, 귀걸이를 하곤 했지만, 태생적으로 그저 여성 취향적이고 감수성이 예민할 뿐이지, 성 소수자는 아닐 거야. 다만, 자기가 엄마의 배가 아닌 인공 자궁에서 태어난 사실을 뒤늦게 알고서 혼란스러워했고, 또 포르피린증세가 심해지면서 고통스러워했던 거지. 그걸 곁에서 지켜본 지훈이도 힘들어했던 것이고…. 애정이 아닌 연민의 감정에서 지훈이가 주현이를 대했을 거야."

"연민의 정이 지나치면 애정의 관계로 발전하는 거지."

"그건 잘 모르겠어. 내가 당사자가 아니라서…."

나는 애써 놀란 감정을 억눌렀다.

"어쩜 그러니? 그걸 알면서도 내겐 한마디 귀띔도 안 해주고…. 못된 것들."

그동안 지훈에게 온갖 비난과 저주를 퍼부은 나 자신이 부끄러웠다. 다음에 만나면 꼭 안아주겠어.

나는 수빈이의 창백한 얼굴을 바라보며 물었다.

"네가 먹는 약은 뭐니?"

"이 약은 건강한 난자를 채취하기 위해 먹는 영양제 같은 거야. 그런데 자꾸 난자 채취가 잘 안 되는 거야. 10대의 난자가 40대의 허약한 난자처럼 건강치 못하다는 거야. 너무 긴장하고 피곤한 탓일 거야."

수업 시작종이 울리자, 나는 수빈이를 꼭 안으며 귓속말로 얘기했다.

"내가 포르피린증 치료제를 구해줄 테니, 난자 채취 같은 거 거부해도 돼."

"어떻게?"

"나만의 비밀이 있어. 나중에 말해줄게."

집에 오자마자 저녁을 먹는 것도 잊고 구글에 'Artificial

푸른 사과의 비밀

womb'를 검색하여 인공 자궁에 대한 선진국들의 다양한 사례를 살펴보았다. 외국의 유력 신문들은 대부분 인공 자궁에 대한 깊은 우려의 시각을 드러냈다. 〈뉴욕 타임스〉는 생명 공학 선진국들이 공동 참여한 바이오 휴먼 프로젝트팀이 '인공 자궁'을 개발한 것과 관련하여, "통제받지 않은 과학이 21세기 프랑켄슈타인을 만들려 하고 있다. 인간의 무절제한 탐욕은 언젠가 그 대가를 반드시 치르게 될 것"이라고 비난했다. 이 신문의 혹평이 심하긴 했으나, 어느 정도 공감이 가는 지적이었다.

문을 긁으면서 꼬리를 흔들며 반기는 아담을 끌어안고서 입맞춤을 해주었다. 샤워를 한 뒤 채 병원의 실체를 어떻게 밝혀낼지 고민했다. 그래, 호랑이 굴에 들어가 보는 거지. 노트북을 켜고 채 병원 불임센터의 홈페이지를 방문해 난자 채취를 신청했다.

신청서의 항목에 따라 나의 신상정보를 적었다.

나이: 19세

결혼 여부: 미혼

거주지역: 서울

애인 여부: 없음

고등학교 성적: 전교 1등

난자 채취 목적: 미래의 우량하고 건강한 아이를 갖기 위함

출산 희망 시기: 잘 모름.

신상 정보란의 빈칸을 채우다가 애인 여부 질문에 너무 솔직한 답을 했다는 생각이 들었다. 난 너무 순진한 게 흠이야. 이런 데선 적당히 나이를 속여도 상관없잖아. 학교 시험에서처럼 부정행위 하는 것도 아닌데 말이야. 신상 정보란을 수정하는 김에 몇 가지 더 정정했다.

나이: 27세

결혼 여부: 미혼

거주지역: 서울

애인 여부: 있음

고등학교 성적: 전교 1등

난자 채취 목적: 미래의 지구를 구할 똑똑한 아이를 갖기 위함

출산 희망 시기: 35세

마지막으로 나의 주소와 연락처를 적어서 이메일을 보내

자마자, 답신이 왔다.

우리 병원의 난자 은행에 관심을 두시어 감사합니다. 24시간 이내, 검토 후 선생님이 우리 병원에 방문하실 날짜와 시간, 장소를 말씀드리겠습니다.

자동으로 설정된 답신 메일에서 왠지 신중하고 비밀스러운 분위기가 느껴졌다. 구글 검색 엔진을 통해 한참 동안 채 병원, 난자 채취, 정자 채취, 자궁 공장, 인간 공장 등의 키워드로 관련 내용을 검색하다가 노트북 화면을 닫았다. 눈이 피로해 더 이상 화면을 보기가 힘들었다. 곰곰이 생각하고 있는데 눈앞이 뿌예지면서 니콜라가 나타났다.

"뭘 그렇게 고민해?"

"아무래도 채 병원이 뭘 숨기고 있는 것 같아요. 니콜라도 그렇게 생각해요?"

"산부인과 전문병원에서 포르피린 치료제를 대량 사들이는 게 이상한 일이잖아."

"이미 이메일로 그곳의 난자 은행에 예약했어요. 곧 날짜와 시간을 알려올 거예요."

"그런 중요한 건 우리에게 먼저 의논했어야지! 설마 네 난자를 냉동 보관하려는 것은 아니지?"

"맞아요. 내 난자를 보관해놓을 생각이에요. 나중에 아이를 갖고 싶을 때 내 난자를 꺼내서 사용하려고요."

"왜? 나는 네가 이제 우리와 같은 뱀파이어로 변태되었다고 생각하는데…."

"난 잘 모르겠어요. 내 송곳니가 자라다가 잠시 멈춘 것 같기도 하고…. 인간의 피나 동물의 피를 보면 섬뜩한 느낌이 드는 걸 보면, 뱀(vam)균이 내 몸에 전이되다가 중단되었나 봐요. 반은 인간이고, 반은 뱀파이어, 그러니까 반인반뱀이 된 기분이에요."

"네가 난자 은행에 가는 걸 파스칼 외에는 모두에게 비밀로 해야겠어. 파스칼에게는 보고해야 하니까."

"내 사정을 이해해줘서 고마워요."

니콜라는 나를 한참 바라보더니 물었다.

"언제쯤 아이를 갖고 싶어?"

"뱀파이어와 어울리다가 10대 후반부터 이렇게 보내면 앞으로도 남자 친구도 못 만들고, 한평생 독신으로 지낼 것 같은 느낌이 들어요. 지금 조금이라도 더 어렸을 때, 건강한 난자를 채집해 놓아야 나중에 건강한 아이를 낳을 수 있지 않을까요?"

"원래 비혼주의자가 아니었어?"

"전 한 번도 그렇게 말한 적이 없는데요."

"네가 그렇게 말하니까, 마치 팔리지 않는 재고가 아니라 팔지 않는 비매품처럼 들리는군."

"여성 단체들이 니콜라가 방금 내뱉은 말을 들으면 여혐 발언이라고 난리 날 거예요."

"뭐 어때? 네가 비매품이라면, 나는 재고 신세인걸."

"재밌는 발상이네요. 계속해보세요."

나는 니콜라의 다음 말을 기다렸다.

"혼자 사는 게 무작정 편하고 좋은 것만은 아니야. 200년 넘게 혼자 살다 보니, 가슴 한편에 친구들로는 채울 수 없는 텅 빈 느낌이 점점 커지고 있어. 이런 느낌이 너무 오래되어 어떻게 채워야 할지 모르겠어. 비교적 젊은 나이 때는 자유롭게 다니며 수많은 일을 경험하는 게 재미있었는데, 나이 들면서 결국 나는 혼자라는 생각이 들더군. 외로움은 그 어떤 것보다 더 힘들거든."

나는 문득 니콜라의 사무친 외로움이 느껴져 그의 손을 꼭 잡아주었다. 뱀파이어들이 인간보다 강한 육체와 정신을 지닌 불멸의 생명체로 여겼을 뿐, 인간만큼이나 나약하고 상처 많은 존재라는 것을 느끼지 못했다. 뱀파이어와 인간의 평화적 공존이라는 대의에만 신경을 썼지, 정작 뱀파이어의 정서에 대해선 무관심했다. 니콜라는 오히려 나를 위안했다.

"걱정하지 마. 채 병원의 흑막은 곧 벗겨질 거야."

"다 알고 있었어요?"

"대략 그렇게 짐작하는 거지. 네가 채 병원에서 갑자기 난자 채취를 하려는 것은 그곳이 의심스럽기 때문이겠지."

인공 자궁에서 태어난 아이들

아침 등교 시간인데도 초등학교 주변에 오가는 학생들이 거의 없다는 사실을 새삼스레 깨달았다. 동네 어린이 공원에서도 나처럼 반려견과 함께 다니는 사람들은 많지만, 아이를 동반한 사람들은 거의 없었다. 여든이 넘어 보이는 노인들이 옹기종기 앉아 햇볕을 쬐고 있었다. 뉴스를 통해 출산율이 최근 몇 년 사이에 급격히 마이너스대로 떨어져 이런 추세대로라면 머잖아 인구가 절반으로 줄어들 것이라는 소식을 자주 들었지만, 지금까지 다른 세상의 얘기로만 알고 있었다.

이러다가 인류가 사라질 것 같아. 지구를 구하려면, 나 자신부터 아이를 가져야겠어. 당장에는 힘들겠지만 아이를 가질 준비를 해야겠어.

학교에서 돌아오니 일하러 간 엄마가 테이블에 올려놓은 갓 구운 빵과 저지방 우유 한 잔, 그리고 메모지가 보였다.

> 사랑하는 우리 딸,
>
> 엄마가 만든 빵 먹고서 나중에 평가 좀 해 줘.

컴퓨터를 켜고 심호흡을 한 뒤, 이메일을 확인했다. 강 너머의 채 병원으로부터 답장이 왔다

강민주 님, 예약 대기자가 너무 많아 상담은 대략 6개월 정도 걸리지만, 마침 한 분이 예약을 취소해 내일 오후 2시까지 오시면 원장님 상담을 받으실 수 있습니다. 메일을 받으시는 대로 답해 주시면 예약해 드리겠습니다.

뭐, 6개월이나 걸린다고? 나는 앞뒤 따지지 않고, 내일 병원에 가겠다고 서둘러 답장했다. 마침, 토요일이었다. 아무리 인공수정이 붐이라지만 난자 은행을 노크하는 사람들이 이렇게 많을 줄을 미처 몰랐다.

나는 채 병원으로부터 강제적인 난자 채취 요구를 받는 수빈이에게 문자를 보냈다.

수빈아, 내일 나와 함께 채 병원에 가지 않을래? 그곳 난자 은행에 난자 채취 예약을 했거든. 혼자 가려니 쑥스럽네.

- 와! 놀랍다. 나도 너와 같이 가고 싶지만, 그곳에서 나를 알아볼 텐데….

에이, 추남도 미녀로 만드는 화장술이 있잖아.

- 어떡하지, 난 화장해본 적이 없는데….

걱정하지 마, 내가 해줄게! 대신, 너희 어머니 옷 걸치고 하이힐 좀 신고 와.

토요일이 되자, 엄마랑 아담과 함께 아침을 먹은 뒤 거울을 한참 들여다보았다. 평소처럼 민낯에 운동화를 신고 청바지와 티셔츠를 입을까 하다가 아무래도 채 병원이 소문난 럭셔리 병원이어서 잘 차려입어야 할 것 같았다. 엄마가 친구와 점심 약속이 있다며 집을 나서자, 나는 지훈이 작년에 생일선물로 사 준 연분홍 립스틱을 꺼냈다가 아무래도 성숙미를 강조해야 할 것 같아 엄마의 화장품과 새빨간 립스틱을 발랐다. 이제 옷만 그럴듯하게 입으면 고등학생 티는 나지 않겠지 싶었다. 엄마가 가장 아끼는 노란 원피스를 입은 뒤

굽이 높은 황금색 하이힐을 신고 거울을 바라보니, 내게 익숙한 강민주가 아니었다. 성숙미가 물씬한 20대 후반의 세련된 여성으로 변했다. 이런 걸 화장술이라고 하던가?

난 엄마가 쓰던 브랜드를 알 수 없는 향수를 겨드랑이와 가슴에 살짝 뿌리고 문을 나섰다. 아담이 마치 건투를 빌 듯 컹컹대고 꼬리를 흔들어주었다. 병원 인근의 스타벅스에서 만난 수빈이는 처음에 나를 전혀 몰라봤다.

"민주야, 정말로 네가 맞니? 감쪽같네."

"수빈아, 네 이모한테 말버릇이 심하구나."

나는 수빈이를 화장실로 데려가 10분 만에 30대 초반의 우아한 숙녀로 분장했다. 유행이 좀 지난 엄마의 옷을 입은 수빈이에게 빨간 립스틱을 바르고, 아이섀도를 좀 진하게 칠해 원색적인 관능미를 가미시켰다. 거울에 자신의 화려한 변신을 비추어 본 수빈이는 즐거운 표정을 지었다.

"마법이 따로 없네. 얼른 병원에 가보자."

1시 55분, 병원에 도착해 1층 수납실에서 진료비를 내자 30대 초반의 간호사가 나를 원장실로 안내했다. 수빈이는 진료 대기실에 다소곳이 앉아 주변을 살폈다.

원장은 50대 초반의 나이인데도 주름살도 전혀 없었고, 대머리도 아니었다. 그는 내게 인상 좋은 미소를 지으며 악수를 청했다.

"채장기 원장입니다. 우리 병원을 찾아 주셔서 감사합니다."

나는 얼떨결에 목인사만 건넸다.

"혼자 오셨나요?"

"이모랑 같이 왔어요."

"밖에 있는 이모도 들어오라고 하셔도 돼요."

나는 문을 열고, 대기실에 앉아있는 수빈이를 불렀다.

"이모, 의사 선생님이 진료실로 와도 된다고 하시네요."

수빈이는 30대의 우아한 걸음으로 원장실에 들어와 내 곁에 앉았다.

"이모님과 조카님이 모두 미인이시군요. 이모님도 난자은행에 관심이 있으신가요?"

수빈이는 놀랍게도 당황하지 않은 채, "이미 아이가 있는 걸요"라며 웃어넘겼다.

원장은 머쓱한 표정을 지으며, 말을 이었다.

"아 그렇군요. 조카님만 아직 20대이지만, 나중에 아이를 갖고 싶으시고요?"

나는 고개를 끄덕이며 말했다.

"지금 말고, 훨씬 나중에요. 확실치는 않지만…."

"여기 오시는 분들이 대개 민주 씨와 같은 생각을 하고 있어요. 후에 정자를 제공할 남자 친구가 없어도 이곳 정자은행에는 다양한 엘리트 남자들의 정자가 보관되어 있어요. 나중에 취향대로 고르시면 돼요. 머리 좋고 키가 크고 잘생긴 남자의 정자도 많으니, 2세 걱정은 안 하셔도 돼요."

"똑똑한 것보다는 기왕이면 눈이 예쁘고 코가 잘생겼으면 좋겠어요."

나는 일부러 수줍은 듯, 살짝 숨기고 싶은 나의 들창코를 손으로 만지작거리며 말했다.

"간호사가 넘겨준 자료를 보니, 강민주 씨의 고교성적이 대단히 좋았군요. 민주 씨처럼 젊은 나이 때 난자를 채취해야 똑똑하고 건강한 아이가 태어날 확률이 더 높죠."

원장은 고개를 끄덕이는 나를 바라보며 전문가적인 설명을 해주었다.

"난소의 난자 생성능력은 나이에 따라 급격히 떨어집니다. 시험관 시술의 성공률도 20대엔 70%였던 것이 32세엔 50%, 38세엔 30% 이하로 나타납니다. 이 때문에 늦은 결혼 추세와 맞물려 난자 냉동 수요가 늘었다고 할 수 있습니다. 냉동과 해동을 거치며 난자의 질이 낮아지지 않을까 하는 염려도 있으실 텐데요. 최근 연구에 따르면 신선 난자와 냉동 난자 간에 수정 성공률과 임신 성공률에는 큰 차이가 없습니다. 냉동 기간도 난자의 질에는 영향을 주지 않는다는 연구 결과가 있기는 하지만 이 분야의 연구가 오래되지 않았다는 점은 유의하셔야 합니다. 아무래도 난자 은행에 보관한 뒤에 될 수 있는 대로 좋은 정자를 찾아 좀 더 빨리 아이를 갖는 게 좋겠지요."

내가 곧 아기 엄마가 될 수도 있다는 생각이 들자, 살짝 긴장되었다. 원장은 내 마음을 이해한다는 표정을 지으며 말을 이었다.

"놀라실 줄 압니다. 저희 센터를 통해 난자와 정자 수정에 성공하여, 출산하신 분들은 거의 100% 만족하십니다. 저희가 정자와 난자를 엄선하여 최적의 환경에서 키운 아이들은 태어날 때부터 엄친아가 되어 초등학교, 중학교, 고등학교까지 모범생과 우등생으로서 학교 선생님들로부터 칭찬을 받고 있습니다. 이런 아이들이 대학에 가고, 또 사회에 나가면 우리나라의 미래를 짊어질 고급 인재로서 큰 역량을 발휘할 것입니다. 학교에서 이 아이들의 비행률은 거의 제로에 가깝습니다. 학업 성취도는 최고이고요."

그는 나의 당혹스러운 얼굴을 감탄하는 표정으로 알고, 말을 계속했다.

"저희 센터에서는 아이들을 꾸준히 관리합니다. 고객님의 절대적 요구에 부응하고자 저희가 개발한 정밀도가 100만 분의 1보다 높은 극세 정밀 핀셋을 통해 고객님의 난자 DNA 에서 부정적 성향을 떼어내고, 긍정적 성향을 극대화하고 있 습니다. 고객님의 난자와 결합할 정자에 대해서도 세심한 취 사선택을 하고 있습니다. 고객님의 기호에 따라 IQ 상위 1% 의 남성, 올림픽 메달리스트, 수학 및 과학 영재 출신, 인기 영화배우 및 가수 같은 한류스타, 또는 정치 지도자 및 재계 인사 등의 정자를 선택할 수 있습니다. 가격이 가장 비싼 건 요즘 대세인 한류스타의 정자입니다. 가격은 1천만 원에서 1 억 원까지 다양합니다만, 혹시 고객님이 선호하시는 정자 유 형을 말씀하시면, 저희가 미리 준비해두겠습니다."

내가 어리벙벙한 표정을 짓자, 그는 내게 가까이 얼굴을 들이밀며 속삭이듯 말했다.

"부모들이 원할 경우, 아이의 피부에 머리카락 보다 더 미 세한 극소 칩을 삽입하여 아이들의 생각과 행동을 저희 센터 와 부모의 휴대폰으로 전달해 사전에 혹 접할지도 모를 불온 한 환경을 미연에 방지합니다. 이 서비스를 받으신 부모들의 만족도는 대단히 높은 편입니다. 아직까지 불평하는 부모를 본 적은 없습니다."

이건 또 무슨 소리지? 아이가 아이다워야지, 아이를 마치 반려견이나 반려묘처럼, 아니 애완인으로 만들고 있는 게 놀라웠다.

"불온한 환경이라뇨?"

"잘 아시잖아요. 그야 당연히 공부에 방해되는 환경이죠."

나는 그의 말에 고개를 끄덕이면서도 숨이 막혔다. 아이들이 오락실 게임을 하고, 웹 소설을 읽고, 친구들과 의견다툼을 벌이고 때로는 몸싸움을 하기도 하고, 누굴 좋아하고, 친구의 아픔에 슬퍼하고, 부정과 불의를 보면 분노할 줄도 알고, 떨어지는 낙엽을 보고서도 눈물을 지어야 하지 않을까?

원장과의 면담이 끝난 뒤, 간호사의 안내에 따라 채혈검사와 초음파 검사를 받았다. 몸의 건강 상태를 알아보기 위한 검사인 듯싶었다. 간단한 검사인데도 진료비는 비급여 탓에 10만 원에 달했다. 잠시 뒤, 원장은 검사결과를 보더니, "젊은 사람치고는 콜레스테롤 수치와 혈당이 높다"라며 운동을 좀 하라고 말한 뒤, "월경이 시작되면 월경 둘째 날에 병원에 오라"고 일러주었다.

그로부터 2주 뒤, 월경이 시작되고 이튿날이 되자 병원에 가서 다시 피검사를 했다. 이번에두 수빈이는 나의 이모가 되어 동행해주었다. 난소 나이가 35세로 측정되었다. 엄청난 쇼크였다. 19세의 나이에, 난소나이가 16살이나 더 많다니 충격적이었다.

아무래도 뱀파이어들과 어울리느라 제대로 먹지도 못하고, 운동도 못 하고, 잠을 충분히 자지 못한 탓이라는 생각이 들었다. 담당 의사는 나의 다크서클을 한참 들여다보더니, 충고 한마디를 했다.

"난소 나이가 30대 중반이면 임신 불가의 나이는 아니지만, 이 상태에서 난자를 추출하면 나중에 건강한 아이를 얻을 수 없어요. 난소 나이가 조금이라도 더 젊은 상태에서 난자를 채취해야 합니다. 난소는 노화가 본격화하면 다시는 젊게 되돌릴 수 없는 기관입니다. 지금 당장 난소 나이가 어리고 건강하다고 해서 절대 안심해선 안 됩니다. 조금 일을 줄여 스트레스를 없애주시고, 운동을 좀 하시길 바랍니다. 한달 뒤에 다시 난소 나이를 측정한 뒤에 그때 제 나이에 맞게 나오면 난자를 채취토록 하겠습니다. 그래도 되겠죠?"

나는 원장의 진지한 조언에 고개를 끄덕였다. 원장은 나에게 한 달 동안의 규칙을 적은 안내문을 건네주었다.

"술과 담배를 금할 것, 하루 만 보 이상 걸을 것, 규칙적이고 균형 잡힌 식사를 할 것, 단백질과 비타민, 무기질이 풍부한 음식을 섭취할 것, 당류와 카페인을 피할 것….”

원장이 건네준 안내문을 읽어보니 평소 나 자신의 생활과는 정반대되는 내용이었다. 무엇보다도 담배를 끊는 것은 여간 곤욕이 아닐 듯했다. 하지만 건강한 난자를 얻기 위해서라면 기꺼이 실행해야 할 의무사항이라고 생각하니, 숭고한 느낌마저 들었다.

병원문을 나서니 오후 4시쯤이었다. 니콜라의 빨간 딱정벌레차가 모퉁이에서 나를 기다리고 있었다. 나는 어리둥절해 있는 수빈이와 함께 차 뒷좌석에 오르니 니콜라가 대뜸 물었다.

“민주의 친구?”

“네, 수빈이라고 합니다.”

니콜라는 뒤를 돌아 살짝 미소를 지으며 자세한 인사는 나중에 나누자고 말했다.

“민주! 뭔가 수상한 점을 찾았어?”

“수상한 점요?”

나는 병원에 온 가장 중요한 목적을 잠시 잊은 느낌이 들었다. 산부인과 전문인 채 병원에서 포르피린증 치료약을 싹쓸이한 이유를 밝히는 게 급선무인데도 원장과의 면담에서 나의 개인적 관심사인 난자 채취에만 신경을 쓴 것 같아 니콜라에게 미안했다.

"특별한 점을 발견하지 못했는데, 지금 몸 상태가 안 좋으니 한 달 후에 다시 오라고 하는군요."

니콜라는 내 말에 실망하면서도 내 건강을 걱정해주었다.

"당분간 나와 함께 규칙적인 운동을 해야겠어."

"어떤 운동이요?"

"자전거 타기나, 달리기는 어때?"

"운동하려면 잘 먹어야 하는데, 맨날 풀만 뜯어 먹는 기분이라서."

나는 니콜라에게 반농담조로 말을 건넸으나 순간 뱀파이어의 비건 문화를 비꼰 걸로 오해했을까봐 얼른 말을 돌렸다.

"아무래도 채 병원의 실체를 파악하려면 이런 식으로라도 내가 직접 가까이 접근해야 할 것 같아요. 뭔가, 엄청난 비밀이 있을 것 같기도 해요."

"그게 뭘까?"

"능력자인 뱀파이어가 모르면 그걸 누가 알까요?"

나는 입술을 삐죽거리며 대꾸했다.

니콜라는 나를 태우고 병원을 사이에 두고 동네 한 바퀴를 돌더니, 병원 입구가 잘 보이는 인도에 차를 걸쳐 세웠다.

"어떤 사람들이 병원에 오가는지 살펴봐야겠어."

"오호, 탐정 영화의 주인공이 된 기분이네요."

우리는 1시간가량 병원 정문을 뚫어지게 바라보았으나 특이사항을 발견하지 못했다. 난자 채취와 정자채취를 위해 나처럼 평범한 사람들이 병원을 오가는 모습이었다. 잠복이 길어지면서 나는 입이 심심해 수빈과 함께 근처 카페에 들러 커피와 치즈 빵을 사 오는데, 니콜라가 내 팔을 끌면서 손가락으로 병원 입구를 가리켰다. 이제 막 도착한 구급차에서 병원 관계자들이 응급환자를 내리고 있었다. 10대 후반의 남자애가 들것에 실렸고, 그 뒤를 부부로 보이는 50대 남녀가 발을 동동거렸다. 왜 응급환자를 종합병원이나 일반 병원에 데려가지 않고 불임 전문병원에 데려온 거지. 그것도 다 큰 남자애를? 니콜라와 나는 누가 먼저라 할 것도 없이 고개를 갸웃거리는데, 수빈이 안타까운 표정을 지으며 말했다.

"인공 자궁 출산의 후유증을 앓고 있는 거예요. 채 병원에서 쉬쉬하며 절대 비밀로 하고 있고요."

우리는 살쾡이처럼, 조심스레 차를 구급차 가까이 이동시켜 창문을 살짝 열고 가까이 들여다보았다. 창백한 얼굴의 남자아이가 미친 듯 발광을 하고 있고 응급실 직원들은 그 아이의 손발을 묶어 들것에 옮기는 중이었다.

"민주, 저 애 입을 봤어?"

커피를 한 모금 꿀꺽 삼킨 니콜라가 내 팔을 툭 치며 말했다.

"글쎄요. 자세히 못 봤는데."

"포르피린증을 앓는 것 같아. 잇몸이 쪼그라졌고, 송곳니가 돋아 있었어. 창백한 얼굴이 어쩐지 꺼림칙한 느낌이 들어."

"포르피린증은 뱀파이어의 증상과 비슷한 거잖아요."

"치료제나, 철분과 마그네슘 같은 영양제로도 얼마든지 치료가 가능할 텐데 왜 저렇게 방치된 거지?"

이에 수빈이는 고개를 저었다.

"저대로 두면 저 아이가 왠지 큰일을 저지를 것 같아."

나는 수빈이의 말을 들으면서 들것에 실린 아이의 무서운 눈빛을 바라보았다. 뭔가에 굶주린 표정이었다. 마치 피를 갈구하는 눈빛이었다. 수빈이 채 병원의 인공 자궁 실험실에서 자신의 증상과 비슷한 증후군을 앓는 아이들이 자신 말고

푸른 사과의 비밀

도 몇 명 더 있다고 말했는데…. 며칠 전 괴한이 행인의 목을 물어뜯은 기이한 사건이 떠올랐다. '혹시, 저 아이가….' 하는 생각이 들자 갑자기 소름이 돋았다. 내가 바짝 긴장된 표정을 짓자 니콜라가 내 등을 쓰다듬어 주었다.

"저 아이가 이상해요. 아무래도 지난번 피습 사건에 관련이 있어 보여요. 수빈이의 말대로, 아무래도 이 병원에서 비밀리에 실험한 인공 자궁에서 태어난 아이가 후유증을 앓고 있는 것 같아요."

내가 조심스럽게 의혹을 제기하자, 니콜라는 고개를 끄덕이며 공감했다.

"내 생각도 그래. 지금, 민주는 다시 수빈이와 함께 병원에 들어가 보는 게 어때? 이번에는 나도 같이."

"니콜라는 무슨 자격으로요?"

"뭐, 민주의 삼촌인 셈이지."

나는 니콜라의 가벼운 유머에 살짝 웃음을 지어 보였다.

"여긴 예약제인데, 뭐라 핑계를 댈까요?"

"이럴 땐 평소의 거짓말 실력을 발휘해야지."

나는 그의 말에 고개를 끄덕이다가 퍼뜩 좋은 생각이 떠올랐다.

"간호사에게 중요한 질문을 빼먹었네요. 니 같은 비건주의자들에게 난소를 튼튼히 하려면 어떤 음식이 좋을지 물어봐야겠어요."

"바로 그거야."

니콜라가 병원 지하 주차장에서 우리를 기다리는 동안, 나는 다시 진료실 문을 노크했다. 병원은 아까와는 분위기가 달랐다. 왠지 긴장감이 흐르고, 간호사들은 모두 분주하게 움직였다. 원장실 앞에서는 관계자 외 출입금지라는 팻말이 세워졌고, 원장실 안에서는 아까 병원 입구에서 본 아이일 듯한 환자의 숨 가쁜 소리가 들렸다. 원장실에 좀 더 가까이 가 보려는데, 누가 나를 불러 세웠다.

"저기요! 거긴 출입금지예요."

뒤를 돌아보니, 아까 원장실로 나를 안내한 간호사였다.

"원장님께 뭐 좀 여쭤보려고 다시 왔어요."

"원장님은 지금 바쁘셔서…. 제게 물어보세요."

간호사는 약간 경계하며 나를 바라보았다. 나는 쭈뼛쭈뼛 머리를 긁적이며 일부러 쑥스러운 표정을 지었다.

"이런 말 하기가 좀 그런데요. 제가 비건주의자인데, 한 달 만에 난소를 젊게 하려면 풀만 뜯어 먹으면 안 될 것 같아서요. 뭐 좋은 음식 없을까요?"

간호사는 어이없다는 표정을 지으며 내게 말했다.

"그건 고객님께서 잘 아실 텐데요. 비건주의자들을 위한 다양한 식재료들이 나오는 걸로 알고 있습니다. 저희는 비건이 아니라서요."

간호사는 바빠 죽겠는데 뭐 이런 귀찮은 질문을 하냐는 말투로 대꾸했다.

간호사에게 다시 한번 성가신 요구를 했다.

"진료실 앞에서 원장님의 업무가 끝날 때까지 기다리면 안 될까요?"

간호사는 귀찮은 듯 나를 쳐다보지도 않은 채 답했다.

"그럼 진료실 앞 말고, 저기 보호자 대기실에서 기다려 주세요."

나는 원장실 쪽으로 귀를 쫑긋 세운 채 반대 방향의 대기실로 천천히 발걸음을 뗐다. 아빠인 듯한 남자가 격앙된 목소리로 소리를 질렀지만, 정확하게 들리지는 않았다. 겨우 몇 개의 단어만 알쏭달쏭 희미하게 들렸다. 철분, 마그네슘, 피, 수혈, 의료사고….

수빈이 내게 귓속말로 "원장이 남자 아이를 응급 처치하러 지하 2층 수혈실로 데려갈 것 같아"라고 말하자, 나는 니콜라에 곧장 문자로 알렸다.

지하 2층 수혈실 근처에서 잠복하세요!

니콜라의 답신이 즉각 날아왔다.

지금 지하 2층이야. 여기 주차장 앞에 관계자 외 출입금지 방이 있는데, 자동차 밑에 숨어 있어.
- 헉! 우리는 이곳 상황을 볼게요.

10분쯤 지나, 건장한 응급실 직원 2명이 진료실로 들어가더니 손발이 묶인 아이를 들 것에 들고 나와 엘리베이터를 탔다. 부모는 계단을 이용해 지하로 향했다.

진료실에서 나온 원장은 우리 쪽을 힐끔 보더니, 우리가 예상한 대로 엘리베이터를 타고 지하를 향했다. 간호사는 손톱을 뜯으며 두리번거리는 내게 다가와 난감한 표정을 지었다.

"아무래도 오늘은 원장님을 뵙기가 힘들 것 같아요. 다음에 연락을 드리면 안 될까요?"

나는 고개를 끄덕였다.

"그럼, 전화를 기다릴게요."

우리는 엘리베이터를 타고 지하 2층의 주차장으로 나왔

푸른 사과의 비밀

다. 환자의 부모로 보이는 중년 부부가 주차장 반대편의 '관계자 외 출입금지' 표지판 앞에서 발을 동동거리며 서성거리고 있었다. 동태를 살피고 있던 니콜라는 차 문을 열고, 나를 향해 손짓했다.

"민주, 차에 타. CCTV가 많으니까 아무래도 내가 나가서 알아봐야 할 것 같아. 뱀파이어는 CCTV에 찍히지 않거든."

내가 차에 오르자, 니콜라는 슬그머니 차 밖으로 나가서 주위를 살피다가 중년 부부에게 다가갔다. 멀리서 바라보니 엄마인 듯한 중년 여성이 조심스럽게 니콜라에게 뭔가 말하고 있었다. 니콜라는 고개를 끄덕이더니 차에 올랐다.

"아이가 빈혈증으로 쓰러질 때마다 이곳에 와서 수혈을 받는다네."

"얼마나 자주요?"

"6개월에 한 차례 정도. 근데 평소에는 철분과 마그네슘, 인이 함유된 종합영양제를 먹는다네. 이 병원에서 특별히 만든 약이래."

"아까 환자를 보니, 얼굴이 창백하고 잇몸이 많이 쪼그라들고 날카로운 송곳니가 돌출돼 보였어요."

"맞아. 그게 일종의 포르피린증이야. 내버려 두면 뱀파이어처럼 피를 빨고 싶은 강렬한 욕망이 생기는 거지."

"큰일이네요. 어쩌다가 그런 일이⋯. 이 병원에서 출산한 아이인 듯한데⋯."

"그래서 내가 엄마에게 이 병원에서 어떻게 아이를 낳았냐고 물어봤어."

"네, 그런데요?"

"그 이상은 말하지 않더군."

"그게 다예요?"

"아니, 그래서 단도직입적으로 물어봤어. 혹시 이곳 자궁 공장에서 태어난 아이 아니냐고."

"그래서 뭐래요?"

나는 니콜라의 다음 대답이 궁금해서 침을 삼켰다.

"'절대 아니다'라며 짜증을 내더군. 하지만, 그 순간에 그 아이 엄마의 눈동자는 조금 흔들렸어. 뭔가 진실을 말해주는 눈빛이었어."

"틀림없네요. 이 병원의 아기 공장에 문제가 있네요. 도대체 인공 자궁 실험실은 어디에 있을까요?"

수빈이는 눈을 감고서 애써 기억을 되살리려는 표정을 지었다.

"4층이었던 것 같아. 엄마가 내게 말해 줬어. 보통 병원 엘리베이터 4층은 F층으로 표기되어 있는데 이 병원에서만큼은 그대로 4층이라고 말이야. 생명과 죽음을 담당하는 신의 영역에 도전하듯, 병원장이 가장 좋아하는 숫자가 4라는 거야. 얼마 전에 엄마랑 같이 만났는데, 그때 병원장의 자동차 번호도 4444였어."

난자 채취

니콜라의 빨간 딱정벌레차는 우리를 태우고 지체 없이 합정동의 아지트로 향했다. 니콜라는 카톡으로 파스칼에게 채병원의 인공 자궁 실험실, 포르피린증 환자 발생, 채 병원에 갔던 일, 내 친구 수빈에 대해 자세히 보고했다. 뒷자리에서 나는 수빈이에게 귓속말로 속삭였다.

"수빈아, 이따가 절대 놀라지 마. 뱀파이어 일행이 우리를 기다릴 거야. 너를 도우려고 모인 거니까 넌 그냥 가만있으면 돼."

"요즘 영화를 많이 본다더니, 헛소리를 다하는구나."

역시 수빈이는 들은 척도 하지 않았다. 나는 작게 한숨을 쉬며 옆에 있는 니콜라를 가리키며 말했다.

"네가 이럴 것 같아서 미처 진실을 밝힐 수가 없었어. 니콜라 아저씨와 나는 뱀파이어 모임에서 만났어. 봐서 알겠지만, 니콜라와 다른 뱀파이어들은 네 병에 대해서 제대로 알아내고 도움을 줄 수 있을 거야. 믿기 힘든 거 알아. 하지만 내가 왜 이런 거짓말을 하겠어?"

수빈이는 나와 니콜라를 차례로 살펴보다가 내심 불안한 듯 말끝을 흐렸다.

"그럼, 너희는 정말 피를 먹어?"

니콜라는 장난기가 발동해 고개를 뒤로 돌려 미소를 살짝 짓다가 험상궂은 얼굴로 수빈을 깨무는 시늉을 했다.

"악!"

나는 내 품 안을 파고드는 수빈이의 어깨를 감싸며 진정시켰다.

"걱정하지 마. 우리는 착한 뱀파이어야. 오히려 너를 보호해 줄 거야. 수호천사처럼…."

"민주야. 너도 뱀파이어니? 진짜? 장난하지 마."

나는 수빈이에게 입을 벌려 내 송곳니를 보이며 미소 지었다.

"얼마 전에 뱀파이어계에 발을 들였어. 강요하진 않겠지만, 네가 원하면 고통받는 인간계에서 너를 구해낼게."

"지금도 피가 부족해서 빈혈을 앓고 있는데 내게 빨릴 피가 어디 있다고?"

나는 얼떨떨한 표정을 짓는 수빈이의 목덜미를 만지작거리며 짓궂은 농담을 건넸다.

"어쩌면 여기를 꽉 물지도 몰라."

수빈이는 움찔하며 놀랐으나, 나는 그런 모습에 재미있어했다. 수빈이는 긴장하면서도 내 손을 꼭 잡았다. 난 수빈이의 가녀린 귀에 대고 속삭였다.

"두려워하지 마. 아무도 널 해치지 않을 거야. 그냥 나를 믿어도 돼."

우리 일행이 도착하자 파스칼을 비롯해 셀린, 블랑, 루주, 카레, 카토간, 쇼브, 뤼넷트 등 모두가 기다리고 있었다. 니콜라는 파스칼에게 다가가 귓속말로 수빈을 소개했고, 파스칼은 수빈이에게 정중하게 자리를 권했다. 수빈이는 부끄러워하며 내 옆자리에 앉았다.

셀린이 회의 진행을 맡았다.

"최근 강 너머의 상황이 심상치 않습니다. 니콜라 동지와 민주 님이 최근 포르피린증 치료제를 싹쓸이한 것으로 알려진 채 병원을 살펴보고 왔습니다. 니콜라의 상황 보고를 들

푸른 사과의 비밀

기 전에 알려드릴 게 있습니다. 올해 들어 젊은이 네 명이 낯선 생명체의 공격을 받아 과다한 출혈로 혼수상태에 있습니다. 아직까지 가해자의 행방이 묘연합니다만, 뱀파이어나 좀비영화 같은 대중문화의 영향 탓에 인간 세계의 일부에서는 연쇄 피습사건을 뱀파이어 소행으로 보고 있습니다. 그런데 젊은이들 사이에서는 기이하게도 넷플릭스나 케이블TV 등에서 복고풍의 뱀파이어 영화들이 인기를 끌고, 뱀파이어 코스튬이 날개 돋치듯이 팔리고 있습니다. 이런 추세라면, 인간과 뱀파이어 간의 평화적 공존의 삶을 도모해온 우리 뱀파이어들에 대한 인간들의 오해가 심화될까 두렵습니다. 오늘 급히 마련된 이 자리에서는 여러분의 현명한 의견이 개진되길 바랍니다."

셀린이 회의 요지를 말하는 동안 모두가 침울한 표정을 지었다. 셀린은 니콜라와 나를 번갈아 보다가 내게 윙크를 보내면서 입을 뗐다.

"며칠 전부터 강남 일대의 사고 발생 지역을 수소문하고 온 민주와 니콜라의 상황 보고를 듣겠습니다. 어느 분이 말씀해 주실 건가요?"

나는 좌중을 둘러보며 헛기침을 두세 번 한 뒤에 말을 꺼냈다.

"파스칼이 예견한 대로, 뱀파이어들이 인간과 동물의 피를 탐한다는 소문은 그냥 악의적인 소문이었습니다. 그렇다고 늑대인간의 짓도 아니었습니다. 어이없게도 인간의 짓이었습니다. 인간 공장에서 태어난 일부 인간의 탈선행위였습니다."

나는 깜짝 놀란 표정을 짓는 참석자들의 시선을 보면서 말을 계속했다.

"인간의 탐욕이 만든 인공 자궁이 급기야 살인 병기의 생산시설이 될까 두렵습니다."

모두가 나의 말에 침을 꼴깍 삼키며 한마디씩 했다.

"인공 자궁이라니요?"

"살인 병기는 또 뭐고요?"

나는 잠시 심호흡을 한 뒤 말을 이었다.

"요즘 한국에서는 인구 급감과 함께 불임 인구의 급증이 사회문제화되고 있습니다. 경제 사회적으로 힘들다 보니 젊은이들이 연애할 여유가 없고, 결혼을 하더라도 젊은 커플들은 아이를 낳지 않고, 또한 결혼을 거부하는 비혼주의자들도 늘고 있습니다."

건너편의 쇼브가 몇 올 안 되는 머리카락을 옆으로 올리면서 나를 보고 웃으며 말했다.

"민주님도 비혼주의자가 아니던가요?"

"본 사안과 그다지 관련 없는 발언인 듯싶습니다."

니콜라가 나를 대신하여 그에게 응대했다. 나는 쇼브의 말을 무시하고 계속 말을 이었다.

"여기에 더 안타까운 것은 환경오염, 기후 온난화 등의 문제로 인해 인간들의 가임 능력이 현저히 떨어지고 있다는 사실입니다. 아이를 낳고 싶은데 아이를 낳지 못하는 고통은 상상하기 힘들 것입니다. 이런 틈새를 타고, 강 건너 유명한 대형 산부인과 채 병원이 20여 년 전부터 인공 자궁이라는 인간 공장 실험을 해오고 있습니다. 아직은 초기 실험 단계이지만, 채 병원은 최근 출산율 급저하를 우려한 정부의 대대적인 출산 장려정책을 기회로 삼아 인간 공장의 양산체제를 준비하고 있습니다."

참석자들은 인간 공장이라는 말에 놀라워했다. 나는 참석자들의 얼굴을 한번 둘러본 뒤, 마치 극적 효과를 높이듯이 수빈을 소개했다.

"제 친구 수빈입니다. 19년 전 채 병원의 인공 자궁에서 태어나 포르피린증을 앓으면서도 전교 1등을 놓치지 않은 친구입니다. 저를 따라 이 모임에 참석했습니다. 뱀파이어들이 사정없이 물어뜯을 수도 있을 텐데 겁도 없이 말입니다."

파스칼이 참고 있던 웃음을 터트리자, 참석자들이 모두 손뼉을 치며 수빈을 환영했다.

"수빈아, 지금 겪고 있는 고통에 대해 잠시 설명해 줄래?"

수빈이는 얼떨떨한 표정을 지으며 차분한 목소리로 말했다.

"졸지에 이런 자리에 참석하게 되어 어리둥절합니다. 오늘 여러분을 만날 줄 알았다면, 스티브 잡스처럼 터틀넥을 입고 왔을 것입니다."

참석자들은 수빈이의 재치 넘치는 인사말에 깔깔대다가, 수빈이 아픈 사연을 털어놓자 모두 숙연한 표정을 지었다.

"민주가 소개한 대로, 저는 인공 자궁에서 태어났습니다. 죽도록 힘들었습니다. 정자와 난자를 제공한 아빠와 엄마의 사랑이 부족해서가 아니라 수명을 다한 AI 로봇처럼 어느 순간 용도 폐기될까 두려웠습니다. 나이를 먹으면서 빈혈증세가 심해지고, 잇몸이 쪼그라들고, 얼굴이 창백해지는 포르피린증을 앓게 되었지만, 채 병원은 이에 책임을 지기는커녕 오히려 치료제 제공을 빌미로 제 난자를 강압적으로 채취하려 하고 있습니다. 저와 같은 증상을 앓는 인공 자궁 태생 아이들이 10명 정도 더 있습니다. 아마도 젊은이 4명을 습격한 괴한은 극심한 빈혈을 앓는 아이 중에도 호기심이 많은 아이일 것입니다. 저도 가끔 피 흡입의 충동을 느끼거든요. 하지만 살해 의도는 처음부터 갖고 있지는 않았을 것입니다. 아주 불쌍한 아이들입니다."

수빈이 말을 마치자 모두가 떨구고 있던 고개를 들었다. 나는 인공 자궁 태생 아이들을 언급할 때 잠깐 목이 메었지만 가까스로 다시 말을 이었다.

"제가 개인적으로 조사한 바에 따르면 인간 공장만이 문제가 아니라, 이미 상용화가 시작된 동물 자궁 공장도 심각한 문제를 안고 있습니다. 소, 돼지, 염소, 양, 닭, 오리 같은 가축뿐 아니라 반려견과 반려묘는 마치 동시에 수백, 수천 마리를 부화시킬 수 있는 달걀 부화기처럼 인공 자궁을 통해 대량 생산되고 있습니다. 기계 조작의 실수로 인해 수많은 동물이 기형적으로 태어나거나 병에 걸리면 바로 폐기처분이 되는 게 현실입니다. 이러고도 신이 생명을 관장한다고 할 수 있을까요?"

내가 흥분해 목소리를 높이자 셀린이 니콜라를 불렀다.

"자, 그럼 니콜라가 해결책을 겸해 고견을 말씀해주시죠!"

니콜라는 잠시 동의를 구하듯, 파스칼 쪽을 바라보았다.

"악의 근원은 바로 싹둑 잘라내야 합니다. 저는 세 가지를 제안합니다. 첫째는 1주일 이내에 강 건너 대형병원들이 싹쓸이 한 치료제와 영양제를 모두 수거하고, 둘째는 1주일 이내에 인간 인공 자궁 시설과 동물 인공 자궁 공장을 모두 파괴하고, 셋째는 열과 성을 다해 상처받고 고통받은 모든 생명체를 구하고 치료하는데 여러분 모두가 기꺼이 동참해 주길 바랍니다."

수빈이는 내 손을 꼭 잡고서 마치 은밀한 고백을 하듯 말했다.

"난 네가 마음에 들어. 고마워."

"아냐, 오히려 내가 고마워."

다음 날 수업이 끝난 뒤, 합정역 7번 출구의 할리스 카페에서 수빈을 만났다. 나는 그동안 수빈을 이기적인 공부벌레로만 오해한 부분에 대해 진심으로 사과했다. 그러자 수빈이는 내게 진실을 털어놓지 않아 오해를 일으킨 점, 그리고 나에 대해 그저 말썽꾸러기라고만 여긴 점을 털어놓았다. 오후 6시에 만난 우리는 저녁도 거른 채 그동안 못다 한 이야기보따리를 풀었다. 먼저 수빈이는 내게 전교 1등을 할 줄 몰랐다며 그 비결이 뭐냐고 물었고, 나는 "네가 양보한 덕분"이라고

푸른 사과의 비밀

웃어넘겼다. 차마 뱀파이어의 도움을 받았다고 내 입으로 말할 순 없었다. 수빈이는 카페에서 시급 아르바이트하다가 겪은 재미있는 경험을 이야기했고, 나는 동물 병원에서 계약직으로 일하면서 반려견과 반려묘를 상대로 대화를 나눈 믿을 수 없는 이야기를 했다. 사실, 내 이야기 중에 과장된 측면이 다분했으나 수빈이는 믿어주는 듯싶었다. 모처럼 둘이 있으니 힘을 합하면 뭐든지 할 수 있을 듯한 기분이 들었다. 우리는 머리를 맞대고서 치료약을 싹쓸이하고, 반윤리적인 인공 자궁 공장을 운영하는 채 병원을 비롯해 파라다이스, 라이프 같은 대형 병원을 어떻게 습격할지 논의했다. 저녁 9시가 되어 한참 이야기가 무르익는데, 파스칼과 니콜라, 셀린이 슬그머니 합세했다. 파스칼은 우리에게 잔잔한 미소를 지으며 한마디 했다.

"이렇게 멋진 사람들이 모여 은행털이 같은 생각을 하다니…. 그런 계획은 여기 닳고 닳은 니콜라나 셀린에게 맡기고, 젊은 사람들은 즐거운 시간을 갖길 바라."

니콜라는 "기왕에 말이 나왔으니 이 자리에서 액션플랜을 짜서 바로 실행하자"고 말했다. 역시 생각만큼이나 행동이 빠른 그다웠다.

"쇠뿔도 단숨에 빼리는 말이 있잖아. 내일을 디데이로 정해 급습하자고."

니콜라는 내 눈을 바라보며 눈을 찡긋하면서 말했다.

프리제가 막 들어서며 한마디 했다.

"단숨이 아니라, 단김이겠지. 여하튼 좋아. 빨리 서두르자고."

우리는 토요일인 다음 날 밤 12시에 강 건너 대형병원 3곳을 모두 털기로 하고 곧 있을 거사를 기념해 뱅쇼를 한 잔씩 돌렸다. 우리 여덟 명은 잔을 부딪쳐 "팍스 밤피르(Pax vampire)!"를 조용히 외쳤다.

다음 날 저녁 8시경, 강 너머에 먼저 도착한 나와 수빈이는 니콜라가 명단을 준 대형병원들을 둘러보았다. 그러고는 구매 창고의 경비 체계와 경비 인원에 대해 살펴보고 이를 알기 쉬운 도표와 지도로 작성했다. 나는 며칠 전에 넷플릭스에서 본 영화 〈셜록 홈스〉의 탐정 홈스를 생각하며 발상의 전환을 해보았다. 홈스가 스스로 다짐하는 내면의 목소리, "시야를 넓혀라. 단순화해라. 신속하라."라는 문구를 떠올렸다. 프리제의 습격 작전은 그의 곱슬곱슬한 머리카락만큼이나 너무 기술적이고 복잡해서 자칫 자기 함정에 빠질 우려가 있어 보였다. 내가 홈스라면 아주 간단한 방법을 썼을 것 같았다. 그냥 구매 창고를 연결하는 모든 전선과 통신망을 끊고서 순식간에 치료제를 빼 오면 되는 것이었다. 시간을 재 보니 30초도 걸리지 않았다.

자정이 되자, 우리는 작전 개시에 들어갔다. 니콜라와 카레, 그리고 수빈과 나는 다른 뱀파이어들의 지원 없이 대형 병원의 구매창고 세 곳을 순식간에 털어, 치료제를 비롯한 마그네슘, 인, 칼륨, 칼슘, 철분 등 다양한 영양제를 싹쓸이하여 5톤 트럭으로 실어 날랐다. 포르피린증을 앓는 뱀파이어들은 치료제를 충분히 지급받아 정상의 모습을 찾아갔다. 포르피린 증세를 앓는 바람에 이가 누렇게 되고 백지장처럼 얼굴이 하얘진 루주와 블랑은 내 손을 잡고 감사의 마음을 전했다. 무엇보다도 나는 수빈이가 더 이상 난자 채취를 하지 않아도 되고, 건강을 회복한 것이 너무 기뻤다. 우리의 노획물은 양화대교 아래의 철제 창고에 비밀리에 보관되었다.

강 너머 대형병원에서 독과점한 약품과 영양제를 대거 수거해 왔지만, 나는 여전히 채 병원의 인공 자궁 실험실이 궁금해서 하루라도 빨리 병원에 갈 날만을 손꼽아 기다렸다.

한 달간, 채 원장의 권유대로 시습관을 규치저으로 하고

걷기 운동도 하고 영양제를 먹고 나서 생리 이틀째이던 날에
채 병원에 가서 난소 나이를 측정했다. 이날 나를 진료한 의
사는 채 원장보다 젊은 의사였다.

"오늘 원장님이 학술세미나 일정 탓에 자리를 비워 제가
오늘 민주님의 진료를 맡게 되었습니다."

30대 중반의 남자 의사는 측정데이터 분석 결과와 내 얼
굴을 번갈아 보면서 능글맞은 미소를 지어 보였다. 흰 가운
의 이름표에는 양상우라고 적혀 있었다.

"민주님의 난소 나이가 실제 나이와 같게 나왔습니다.
난소 나이만을 고려했을 때 난소에 남아 있는 난자는 2만
5,000개로 추정되며, 배란되는 남자 중 53%가 염색체 이상
이 없는 건강한 난자일 것으로 예상합니다. 월평균 임신 가
능성은 15% 정도이며 건강하게 분만할 가능성은 약 16%입
니다. 이 결과는 한국인 여성 4만 6,772명을 대상으로 한 자
료를 기초로 한 것입니다."

그는 내가 프로필에 나이를 부풀려 적은 대로 나의 실제
나이를 27세로 알고 있는 듯했다. 나는 의사가 건네준 데이
터 분석 결과를 천천히 읽으며 그의 눈치를 살폈다. 의사는
만족스러운 표정을 지었다. 그는 이제부터 본격적인 난자 채
취 작업이 시작될 것이라며, 곧 맞게 될 과배란 유도 주사에

관해 설명했다.

"양질의 난자를 채취해 냉동 보관해야 앞으로 건강한 아이를 가질 수 있습니다. 이제 호르몬 주사를 이용하여 여러 개의 난포를 자라게 하는 과배란 과정이 필요합니다. 성숙한 난포가 초음파로 확인되면 배란 주사를 투여하고 난자 채취일을 결정하게 됩니다."

알쏭달쏭한 그의 설명을 들으며, 다음의 절차가 두렵기도 하고 궁금하기도 했다. 그는 간호사를 불러서 내게 과배란 유도 주사를 시범으로 보여주게 한 뒤, 앞으로 내가 스스로 주사를 놓아야 한다고 말했다. 나는 뾰족한 침이나 주사기라면 넌더리를 치는 편인데 하물며 내 몸에 스스로 주사기를 꽂아야 한다는 말에 더욱 끔찍한 기분이 들었다. 그래도 언제 태어날지 모를, 나의 2세의 건강을 위해선 난소가 튼튼해야 했기에 나는 의사의 지침을 꼼꼼하게 새겨들었다.

집으로 돌아온 뒤 엄마 몰래 3일 동안 아침, 점심, 저녁의 정해진 시간에 내 뱃가죽에 직접 주사기를 꽂아 배란 유도액을 주입했다. 학교에서는 화장실 문을 걸어 잠그고 몰래 주사기를 꽂았다.

처음엔 숨이 막히고 통증이 심해 울음이 터졌지만, 며칠 지나자 어느 정도 익숙해졌다. 배에 과배란 주사를 놓다 보니 아랫배가 푸르딩딩한 멍과 보랏빛 멍이 뒤엉켜 엉망이 되다시피 했다. 나중에는 인구 절벽의 위기에 처한 인류의 미래를 마치 나 자신이 책임지는 듯한 인류애가 들기까지 했다. 나보다 먼저 이런 일들을 거쳤을 수빈이의 고통과 아픔이 새삼 느껴졌다. 이어 채 병원에 다시 방문하여 카버락틴이라는 젖분비 억제에 사용되는 약처방을 받았고 세트로 주사와 고날에프 주사를 거쳐 마지막으로 난포 터트리는 데카펩틸 주사를 맞았다. 난자 채취 36시간 전에 이 주사를 맞았는데, 왜 의사가 이걸 공포의 주사라고 했는지 이해되었다. 무척 아팠다.

마침내 난자 채취 당일, 혼자 병원에 왔다. 다른 이들은 남편이나 애인과 함께 왔지만, 나는 당연히 혼자였다. 15분 정도의 수면 마취상태에서 난자를 채취했다. 총 난자 11개가 채취되었고, 이 중에 성숙난은 9개, 그다음 등급이 1개, 미성숙난은 1개였다. 한 달 전 만에도 채취된 5개 난자 중에 성숙난은 1개, 미성숙난이 1개, 나머지 3개가 공란이었는데 놀라운 성과였다. 의사는 난자의 성숙도를 확인한 뒤 성숙 난자 9개를 모두 고속 냉동 처리하여 동결 보존했다.

의사가 나의 난자를 냉동 보존하는 동안 진료실 앞의 TV 홍보 화면을 통해 정자가 난자에 접근하는 장면을 넋 놓고

푸른 사과의 비밀

바라보았다. 대부분 정자는 난구 세포를 없애는데 온 힘을 써버린 나머지 탈진한 상태인데, 그중 하나가 1등으로 난자 속에 들어가는 모습이 보였다.

30여 분이 지난 뒤, 나는 다시 간호사의 안내를 받아 의사를 만났다.

의사는 또다시 능글맞은 미소를 지으며 내게 물었다.

"나중에 아이를 직접 낳으실 건가요?"

나는 뜻밖의 질문에 당황했다.

"직접 낳는 게 아니라면, 다른 방법이 있나요?"

"아무래도 몸이 망가지는 것을 원치 않는 사람들이 많아요. 그래서 대리모를 고용해 낳는 방법을 고민할 수도 있겠지요."

"하지만, 그건 불법이지 않나요? 또 인권의 측면에서도 비윤리적일 듯해요."

"맞는 지적이에요. 예약을 해주시면, 저희가 민주 씨에게 적합한 남자의 정자를 골라보고 또 출산방식을 고민해볼게요."

나는 의사가 꺼낸 출산방식이라는 단어가 알쏭달쏭해 바로 궁금증을 꺼냈다.

"제 몸도 이니고 대리모의 몸도 아니라면 어떤 출산방식이 있을까요?"

의사는 나의 눈을 바라보더니, 목소리를 낮추어 말했다.

"민주씨가 아이를 가질 때가 되면 그때 설명을 들으시는 게 어떨까요?"

나는 의사의 말에 담긴 내막이 궁금해 나도 모르게 말했다.

"사실은 고민이 되네요. 몸에 무리가 가지 않는 방법이 있다면 지금 아이를 가져도 괜찮을지도..."

의사는 잠시 뜸을 들이다가 책상 가까이의 초인종을 눌렀다. 그러자 간호사 왠 종이 한 장을 가져왔다. 서약서였다. 의사는 내게 그것을 들이밀었다. 깨알 같은 내용을 얼핏 읽어 보니 채 병원 401호 불임 연구센터가 작성한 인공 자궁 출산 비밀준수 서약서였다.

"혹시 인공 자궁에 대해 들어보셨나요. 저희는 꽤 오래전에 늑대의 자궁을 인공으로 만들어, 이곳에서 건강한 늑대 새끼를 출산하는 데 성공했고, 이 성과를 저희가 선정한 고객들에 한해 시범적으로 적용하고 있습니다. 현재까지 아무런 부작용이 없어 머지않아 저희 인공 자궁 기술은 불임과 난임에 빠진 인류를 구할 것입니다. 조만간 의료당국의 공식적인 허가가 나와 고객들이 몰려들면 예약하기 힘들 것입니다.”

나는 “미쳤어요! 고3에게 인공임신을 제안하다뇨?”라고 소릴 지를까 하다가, 나의 수행 업무가 이들의 정체를 밝히는 것이라는 생각이 들어 꾹 참고 고개를 끄덕였다. 그는 자신의 이야기에 취해 나의 프로필에 적힌 27세 나이를 잊은 듯 눈을 반짝거리면서 거침없이 말을 이어갔다.

“임신 중에 엄마의 건강한 자궁은 아이의 숨결과 소화 기능에 맞춰 수축과 이완을 끊임없이 되풀이하고 엄마의 피와 영양을 아이에게 제때에 공급해야 하지만, 아시다시피 환경오염과 과다한 다이어트로 인한 산모의 영양결핍으로 인해 태아의 건강 상태가 위협받고 있는 상황입니다. 하지만 저희의 인공 자궁 기술은 저희가 미국 및 유럽의 뛰어난 의료진과 다년간 연구를 통해 기술특허를 받은 방식으로 한 치의 오류도 없이 건강한 아이를 출산할 것입니다.”

의사의 확신에 찬 설명을 듣다가, 혀끝에 맴도는 궁금증을 삼킬 수 없어 질문을 던졌다.

“놀랍군요. 그런데 윤리적인 문제는 없을까요?”

“그런 문제라면 걱정 안 해도 돼요. 강남의 대형 목사들은 물론, 신부님들과 큰 절 스님들도 저희 고객들입니다. 우

265

밀하게 인공 자궁을 이용해 아이를 갖고 있어요. 과학기술의 발달이 현실적 한계에 부딪힌 신의 영역을 더 확장해준 셈이죠. 사실, 윤리의 측면에서 보자면 사람의 몸을 빌린 인공수정이 더 큰 심각한 문제를 안고 있어요."

"네?"

의사는 다소 어리둥절해하는 나에게 미소를 지으며 말을 계속했다.

"혹시 들어보셨어요? 10년 전에 아기를 못 낳는 딸을 위해 딸의 난자와 사위의 정자를 인공 수정시켜 친정어머니가 대신 낳아 준 일이 있었어요. 당시에는 아주 극단적인 예로서, 세상 사람들을 깜짝 놀라게 했지만 이젠 세계 곳곳에서 자주 일어나는 현실이 되어버렸어요. 따지고 보면, 친정어머니가 딸의 아이이자 사위의 아이를 낳는 게 훨씬 비윤리적인 일이 아닐까요? 물론 생명의 탄생과 죽음은 신의 고유한 영역인 까닭에 인공 자궁이 신에 대한 도전이나 모욕이라는 비판이 있을 수 있지만, 신은 인간에 의해 모욕당한 게 오래전의 일입니다. 품종 개량이라는 이름 아래 가축들의 DNA를 조작하고 이종(異種) 간 교배로, 새로운 품종을 만들어내고, 인공 부화기를 통해 수많은 가금류를 생산하고 있잖아요."

하지만 나는 모기만 한 목소리로 징징거렸다.

"동물들은 신의 존재를 알지 못하지만, 인간은 신을 믿잖아요. 신의 존재를 인간의 상상력이 만든 거라는 비판도 있지만 인간과 신은 숙명의 관계잖아요."

그는 마치 초등학생에게 설명하듯 나긋한 목소리로 덧붙였다.

"우리 인간은 이미 오래전에 신을 모욕했어요. 아이에 대한 욕심 탓에 남자의 몸 안에 자궁을 이식하고, 여기에 인공 수정체를 넣어 임신시키는 단계까지 갔어요. 남자의 임신을 다룬 30년 전의 영화 〈주니어〉(1994)가 현실화한 셈이죠. 이게 훨씬 더 신에 대한 모욕이지 않을까요?"

"하지만 남자가 임신하더라도 아이의 탄생을 기계에 맡기지는 않잖아요. 성경책의 창세기를 보면, 신이 이브에게 내가 너에게 임신하는 고통을 크게 더할 것이니 너는 고통을 겪으며 아이를 낳을 것이다, 라고 말했잖아요. 제가 난자 채취를 원하는 처지지만, 출산을 자궁 공장에 맡기는 것은 선뜻 내키지 않네요."

의사는 비밀서약서를 거두면서 내 말에 고개를 끄덕이며 말을 이었다. 애써 미소를 잃지 않으려는 표정이 역력했다.

"그럼, 우선 난자만 채취하고 출산 방식은 나중에 생각해 보도록 하죠. 그사이에 멋진 남자 친구가 나타날 수도 있고,

또 민주 씨가 직접 출산할 수도 있으니까요."

의사는 또 능글맞은 미소를 지으며, 내게 악수를 청했다.
그의 표정이 기분 나빠서, 나는 손끝만 살짝 내밀었다.

"또 만나죠. 아기를 원하실 땐 언제든지 방문해 주세요."

진료실을 나와 원무과에서 청구된 병원비를 보고 깜짝 놀
랐다. 어느 정도일지 짐작은 했지만, 예상 밖의 큰 액수였다.
난자 채취 비용 400만 원과 1년간 냉동 보관료 100만 원이
었다. 냉동 보관은 1년씩 연장하는 식이었다. 나의 사랑스러
운 아이가 언제 태어날지 모르지만, 난 미래의 아이를 위해
기꺼이 파스칼이 건네준 신용카드를 꺼냈다. 12개월 분할 상
환으로 계산하려는데, 아까 진료를 담당한 의사가 원무과 직
원에게 뭔가 지시를 내리고 자리를 비켰다.

"잠깐만요, 성공적으로 채취된 민주님의 성숙란 9개 중 4
개를 우리 병원에 기증하시면 난자 채취 비용을 100만 원만
받으라고 의사 선생님이 말씀하시네요."

"왜요?"

"민주님은 아직 젊고, 건강하고 머리가 좋아 최고양질의
난자를 갖고 계신다고 하네요."

직원은 미소를 지으면서 될 수 있는 대로 친절한 분위기
를 주려 애썼다.

나는 왠지 내 몸의 일부분이 낯선 정자와 섞여 인공 부화기에서 정체를 알 수 없는 로봇 아이를 만들 것 같은 생각이 갑자기 들었다.

"좋은 제안이지만 거절할래요. 까짓것, 당분간 옷과 화장품 사는 걸 자제하고 문화 활동을 줄이면 되죠 뭐."

원무과 직원은 미소를 잃지 않은 채 난자 채취 할인 기간이라면서 50% 할인된 가격으로 결제해주었다. 기진맥진하여 병원 밖으로 나오니, 건너편에서 니콜라의 빨간 딱정벌레 차가 나를 기다리고 있었다.

"왜 이리 기운이 없어?"

"죽다가 살아났어요. 아이 9명을 만들 만큼의 난자를 뽑아냈으니…."

나는 조수석에서 볼펜을 꺼내 손바닥에 401이라는 숫자를 적으며 말했다.

"수빈이가 말한 대로, 4층에 인공 자궁 시설이 있는 것 같아요."

니콜라는 내게 힘을 불어넣어 주겠다며, 합정동 아지트로 가는 길에 동작대교 위의 구름다리 카페에 차를 세웠다. 붉은 석양에 넘실대는 한강의 멋진 전망을 즐길 수 있는 카페에서는 연인 몇 쌍이 커피와 디저트류를 사이에 놓고 대화하고 있었다.

"이런 곳엔 애인과 와야겠지만, 민주가 워낙 기운이 없어 보이니…. 뭐든 먹고 싶은 게 있으면 주문해. 내가 살게."

나는 그동안 너무나 먹고 싶었으나 그토록 참았던 커피와 달달한 초콜릿 디저트를 골랐고, 니콜라는 평소대로 레몬차를 주문했다.

달콤한 초콜릿이 입안에 들어가자, 머릿속이 조금 개운해진 느낌이 들었다.

"니콜라, 의사가 내 몸에 난자를 채취한 뒤에 은밀하게 인공 자궁 임신을 권유했어요. 강 너머에서는 인공 자궁을 이용한 출산이 종종 이뤄지고 있는 것 같아요. 나중에 정자를 기부할 애인이 생기거나 정자은행에서 정자를 선택하면 연락하라고 제안했어요."

"민주의 말을 들으니, 강 너머에서 괴한들이 행인의 목을 깨문 피습사건이 왠지 인공 자궁과 관련이 있어 보여. 채 병원이 난자 및 정자은행을 운영하고, 인공 자궁 사업을 하는데, 왜 포르피린증 치료제를 싹쓸이했는지 조금 이해가 되는

푸른 사과의 비밀

것 같아."

니콜라의 말을 이어 내 생각을 정리했다.

"맞아요. 인공 자궁을 통해 태어난 애들 가운데 기계적 결함 탓에 맥박과 혈맥의 원활한 공급이 되지 않아 본능적으로 충동적인 피 마름의 갈증을 느끼는 아이들이 있는 거예요. 그나마 다행스러운 것은 아직 남의 목을 깨무는 게 호기심 차원이라는 거죠. 연쇄 살인 사건으로 이어지기 전에 해결책을 찾아야 할 것 같아요."

그날 밤, 나는 수빈이에게 문자를 보냈다.

수빈아, 오늘 채 병원에서 난자 채취를 하고 왔어. 그전에, 나 혼자서 학교 화장실에서 뱃가죽에 직접 주시기를 찔러 배란 유도액을 주입하고, 별의별 주사를 다 맞고…. 진짜 힘들었어. 이제야 네가 겪었을 고통과 아픔을 이해할 수 있었어.

처음엔 인공 자궁실의 실체를 알기 위한 목적이었지만, 내가 어쩌면 먼 훗날 예쁜 아이를 갖고 싶어할 수도 있을 거라는 생각이 들더라. 앞서 채 병원에 간 사람들도 그런 마음이었겠지? 나중에 의사가 내게 자랑스럽게 인공 자궁의 임신 방식을 설명하는데 기분이 이상하더라.

실시간으로 수빈이 답을 보내왔다.

채 병원이 진실을 숨기고, 세상을 어지럽히는 게 너무 화가 나. 병원 측은 몸이 약한 여성들이 자궁 공장을 이용하면 몸매도 유지하고 흔히 산모들이 겪는 산후후유증을 피할 수도 있고, 간혹 태아가 위험해지는 상황을 피할 수 있다고 홍보하지만, 아이들이 겪을 정체성 혼란과 아픔, 병적 후유증을 애써 무시하고 있는 거지. 그냥 내버려 두면 일이 더 커질 거야.

나는 스스로에게 다짐하듯 수빈이에게 답을 보냈다.

그래, 네 말이 맞아. 하루빨리 인공 자궁 공장을 모두 해체해야지. 인위적인 조작을 통해 인간이든 동물이든 그들의 삶과 죽음을 결정짓는 것은 인간의 탐욕일 뿐이야.

나는 수빈을 내가 책임자로 있는 공감력 증강 스터디 모임에 옵서버 멤버로 초대했다. 이제, 우리라고 표현해도 될 듯하다. 우리는 거의 매주 한 차례 파스칼의 아지트에 모여 공감력 증강 스터디를 했다. 9월 30일에 개최될 '망원동 선언' 5주년 기념행사를 앞두고 나는 파스칼과 니콜라, 셀린 그리고 수빈, 쇼브와 카레와 함께 뱀파이어 전원에게 발표할 공감력 증강 매뉴얼을 준비했다. 낮엔 학교의 우등생으로, 밤엔 합정동의 뱀파이어로 이중생활을 하면서 꽤나 바쁜 나날을 보냈다.

나의 날카로운 송곳니는 가끔씩 엄마가 주는 삼겹살과 목살, 안심과 등심의 살코기를 구멍 내고 찢는데 신속한 효력을 발휘했지만, 한 번도 인간의 목을 찔러보진 못했다. 밤마다 꿈속에서 엄청난 양의 독서를 하고, 니콜라와 셀린을 만나서 다양한 주제로 토론을 벌이며 활발한 지적 활동과 폭넓은 사유의 확장을 경험했다. 아침에 눈을 떠 보면, 머릿속이 꽉 찬 느낌이 들었다. 학교에서는 수업시간에 나도 모르게 지식인들이 자주 쓰는 어법으로 답변을 하고, 토론에서는 논리 정연한 주장을 펼쳐 선생님이나 친구들을 감탄하게 했다. 그럴 때마다 수빈이는 나를 보고 웃으며 엷은 미소를 보내 주었다.

2권에서 계속

감사의 말

　한밤의 꿈으로 끝날지도 모를 다소 황당한 이야기가 소설로 나오기까지 많은분들의 도움이 있었습니다.

　이 책의 훌륭한 첫 애독자이자 반려견 찰스와 달타냥의 반려인 서영님, 글의 행간에 숨은 비문과 오탈자를 적절히 들춰낸 유라님과 지수님, 그 어떤 책보다도 더 멋진 미장파주(mis en page)를 장식한 디자이너 예리님께 감사드립니다.

　또한 비판적 코멘트와 격려로 이 책의 적절한 균형을 잡아준 아르장님, 펄님, 치용님, 치헌님, 명수님, 채훈님, 독서회 「노상수기」 회원님들. 그리고 아담의 모델이자 내게 상상력을 자극해준 나의 귀염둥이 복돌이와 합정동과 망원동 사이에서 수없이 마주치는 '뱀파이어들', 마지막으로 이 책이 세상에 나올 수 있도록 후원해주신 모든 독자님들에게도 감사의 마음을 전합니다.

후원자 명단

류승민	윤혜렴	주스씨
류정아	이상용	지안
르몽드의 주연	이세빈	최경진
민균	이수진율리아	최내경
민병두	이영란	최세정
박서영	이용범	최영주
박현주	이재경	최원종
배달래	이재옥	최일연
백승훈	이종훈	카셀드리안
별꽃	이주영	티나
서국화	이철원	풍영현
설하리	임지연	한동화
성석남	장국영	한소영
星野	장병희	행복한예술재단
성현미	장원철	홍대길
신희성	재령	황영미
심민호	전창민	황지현
암브로시아	전혁	황혜영
엘남매	정문영	
우아한 오리	정소현	
우주	조현민	
유숙열	조현혁	
윤나현	주범수	

작가 아르망

파리와 서울의 뒷골목에 대한 동네 이야기를 채집하는 것을 좋아한다. <푸른 사과의 비밀>은 지난 수년간 합정동과 망원동 사이에 살면서 고불고불 골목 길에서 마주치며 서로 안부를 건넨 뱀파이어, 상처 많은 젊은이, 고양이와 비 둘기, 강아지들에 대한 이야기다. 꿈과 현실의 교착점에서 시공을 함께하는 인간계 너머의 생명체에 대한 발칙한 상상을 자주 즐긴다.

푸른 사과의 비밀 1

초판 1쇄 발행   2023년 2월 10일

지은이   아르망
펴낸이   성일권
펴낸곳   이야기동네
디자인   조예리
커뮤니케이션 최승은
교열   김유라, 박지수
인쇄·제작   디프넷

주소   서울특별시 마포구 양화대로 1길 83 석우 1층
출판등록   2009. 09. 제2014-000119
홈페이지   www.ilemonde.com
SNS   https://www.facebook.com/ilemondekorea
전화번호   02)777-2003
전자우편   info@ilemonde.com

ISBN 979-11-92618-17-3
ISBN 979-11-92618-19-7 (세트)

이 도서의 국립중앙도서관 출판예정도서목록(CIP)은
서지정보유통지원시스템 홈페이지 (http://seoji.nl.go.kr) 와
국가자료공동목록시스템 (http://www.nl.go.kr/kolisnet) 에서 이용하실 수 있습니다.
(CIP제어번호: 2018007229)

 *이야기동네는 (주)르몽드코리아의 서브 브랜드입니다.
* 이 전자책은 한국출판문화산업진흥원 '2022년 텍스트형 전자책 제작지원' 선정작입니다.